在中国古典诗词中
品味四季

[日]井波律子——著

郭佳佳——译

新星出版社 NEW STAR PRESS

"有邻"丛书

发现不同视角下的中国

中国主题图书出版联盟策划出版。2018 年，联盟由新星出版社策划并联合岩波书店、日本大学出版部协会共同发起，旨在集合中日出版界中坚力量，打造联合、开放、包容的出版平台，鼓励以多种方式策划出版中国主题图书，并在中日两国出版发行。

中国·新星出版社

日本·岩波书店

日本·大学出版部协会

日本·东方书店

前　言

　　本书《一阳来复：在中国古典诗词中品味四季》是一部随笔集。分为《四时之景　与诗共度》和《往昔今朝　记身边事》两部。

　　第一部从二〇一〇年一月到二〇一三年一月每月的第一个周一连载在《读卖新闻》晚报上，第二部则从二〇一二年一月到六月，每周一次（每周三）连载在《日本经济新闻》晚报上。

　　事实上，会写这些散文是因为在这段时间里我的生活环境发生了翻天覆地的变化，可以说这段时间是我的人生中具有转折点意义的一段时期。二〇〇九年三月我结束了 35 年的职业生涯，退休回家。之后不到一个月，长年与我一起生活的老母亲以 95 岁高龄驾鹤西去。事实上，母亲的身体状况两年前就大不如前，但有赖于医生和周围人的照顾，我仍能安心上班。虽说退休后有了大把的时间，但是我一时还是有些茫然，不知道该做点什么。只是随着时间的推移，我逐渐真切感受到母亲的离去。

那个时候，我突然开始迷恋盆栽。我本来对植物不怎么感兴趣，只因常常去家附近一个年轻女士的花木店，时间长了，便想买些应时的花木。只是静静望着这些摆在阳台上的盆栽，我的心就能跟着快乐起来。四季轮回，总有应时之景。春季有各色梅花、樱花、桃花、牡丹，夏季有合欢、木槿，秋季有菊花、胡枝子，冬季是草珊瑚一类有红色果实的植物。就这样，我阳台上盆栽的数量与日俱增。这样一来，无论春夏秋冬我总能源源不断感受植物的生命力，以及由此带来的稳稳的幸福，似乎母亲也在这循环往复的生命中，又一次与我生活在一起了。

在承受母亲离世的打击之下，我感受到了花木的生命力，在时间的安抚下，我慢慢被治愈。在这一过程中，我写下了这本书中收录的散文。而且通过草木兴衰感受到的四季流转，使我能更切身体会中国古典诗词和岁时记中记录的四时之景。本书的第一部，收录了很多令我久久回味的诗句。

综观中国古典诗词进程，若论形式与内容，唐朝（610—907年）无疑是巅峰。盛唐（710—765年）有李白、杜甫、王维，中唐（766—835年）有白居易、韩愈，晚唐（836—907年）有李商隐、杜牧。真是"江山代有才人出，各领风骚数百年"。虽说诗人总是千人千面，但概括来说，唐诗擅长表现充满诗意的感情，构建诗意的小宇宙。随之而来的是宋朝（北宋960—1127年，南宋1127—1279年），宋朝的诗词在沿袭唐诗形式的基础上，由于诗人和读者激增，而出现了新的形式，即宋词。与总体感情浓厚、辞藻华丽的唐诗不同，宋词多歌咏身边的小事和日常生活，表现细水长流式的平淡。北宋的梅尧臣、王安石、苏东坡，南宋的陆游、范成大、杨万里是这一时期的代表性人物。

本书以描写日常生活为主，因此提到最多的诗人是唐朝有丰富日常生活诗篇的白居易，而宋朝则以陆游和杨万里的诗居多。本书中提到的岁时记中有南朝梁国人所著《荆楚岁时记》（宗懔著）、回忆北宋首都汴京（今河南开封）繁华景象的《东京梦华录》（孟元老著）、明代的北京岁时记《帝京景物略》（刘侗、于奕正著）、清代的苏州岁时记《清嘉录》（顾禄著）、清末首都北京岁时记《燕京岁时记》（富察敦崇著）等。这些岁时记和随笔中除《帝京景物略》外，其他皆有日文译本，感兴趣的朋友可以寻来参考。

本书标题《一阳来复》本来指阴历十一月的一年中昼最短夜最长的冬至日，有否极泰来之意。在这里它的意义更加丰富，指冬去春来，灰暗的日子已经过去，明媚的日子到来。把后者的意思引申的话，就是我衷心希望阴霾快些散去，充满阳光、有清风明月的日子赶快到来。托那些花木和中国古典诗词的福，我才能一点点恢复元气，进而才有了这本记录我生活点滴的书。同时期待这本书能为读者朋友的生活带去哪怕一丝的灵感，本人将不胜荣幸。

目　录

第一部
四时之景　与诗共度

第二部
往昔今朝　记身边事

二十四节气和花信风一览表

名称	时期	节气	花
立春	2月上旬	小寒	梅花
雨水	2月下旬		山茶
惊蛰	3月上旬		水仙
春分	3月下旬	大寒	瑞香
清明	4月上旬		兰花
谷雨	4月下旬		山矾
立夏	5月上旬	立春	迎春
小满	5月下旬		樱桃
芒种	6月上旬		望春
夏至	6月下旬	雨水	菜花
小暑	7月上旬		杏花
大暑	7月下旬		李花
立秋	8月上旬	惊蛰	桃花
处暑	8月下旬		棣棠
白露	9月上旬		蔷薇
秋分	9月下旬	春分	海棠
寒露	10月上旬		梨花
霜降	10月下旬		木兰
立冬	11月上旬	清明	桐花
小雪	11月下旬		麦花
大雪	12月上旬		柳花
冬至	12月下旬	谷雨	牡丹
小寒	1月上旬		荼蘼
大寒	1月下旬		楝花

第一部

四时之景　与诗共度

经过漫长的探寻，我终于见到了海棠。海棠形似樱花的花朵固然美丽，但我更爱它深红的花蕾。海棠在中国古典诗词中常常被歌咏。（2012年4月拍摄）

四月

清明节扫墓（出自《金瓶梅》）

清明节：跨越阴阳，感受清明

四月是开学、入职和晋升的季节。以前，日本的开学典礼正是在樱花盛开的季节。近年来全球气候变暖，樱花盛开的时间有所提前，这些活动就变成在樱花凋落之后进行，令人不无遗憾。年岁渐长，赏花的心境也大有不同，每每不禁感慨：年年岁岁花相似，岁岁年年人不同。

这一名句出自唐朝诗人刘庭芝（刘希夷：651？—678年？）的《代悲白头翁》。这首诗用婉转哀伤的曲调咏叹出青春易逝，富贵无常的无奈。岁月如梭，沧海桑田。提起花，日本人自然而然想到的是樱花，而这首诗则指的是桃李之花。

古往今来，日本对中国舶来的很多事物都有极大包容，当然也有特例，比如扫墓。日本人常常在春分周、秋分周①和盂兰盆节举行，而中国人则是在清明节。

清明节在每年阳历四月五日前后，是中国的二十四节气之一。中国人在这一天扫墓，顺便去郊外踏青。《东京梦华录》一书记录了十二世纪初北宋首都汴京的繁华景象，其中对清明盛况有如下描写：

> 四野如市，往往就芳树之下，或园圃之间，罗列杯盘，互相劝酬。
>
> 都城之歌儿舞女，遍满园亭，抵暮而归。

（卷七）

扫墓归来，人们往往会乘着这游园之兴好不热闹一番。这一日，就连平时极少出门的深闺女儿也会来凑个热闹，因而倒能生出不少意料之外的佳话。那些市井间用白话（口语）传唱的故事中，无论长短，对"清明节的相逢"的描写都占有很大的篇幅。而白话小说里还常常有一些人世间原本不存在的事物，如幽灵、妖怪等，它们都会在悼念死者这一天出现，有的甚至会和世间的

---

① 以春分日、秋分日为中间日的前后七日，亦指这七日做的佛事。（全书注均为译者注）

人上演一出"人鬼情未了"。日本广为流传的中国古典神话小说《白蛇传》的女主角白娘子（白蛇的化身）就是在清明节这天与自己的恋人许宣相遇相知的。

由此可见，清明节对于古代的中国人来说应该是个特殊的日子，因为他们认为唯有在这一天阴间和阳间是没有界限的，死者和生者可以跨越两境达到精神上的共鸣。

四月之于我的特殊意义大概在于我的母亲于二〇〇九年四月末以95岁高龄安然离开了人间，从此四月便成了我无法忘怀的梦。也是在这一年，我不止一次体会到母亲已然离去的痛楚，我们曾那样亲密，如今却天人永隔。偶然读到清代大文豪袁枚的女弟子廖云锦（生卒年不详）的《哭姑》一诗，恍然大悟，感同身受。

禁寒惜暖十余春，往事回头倍怆神。

几度登楼亲视膳，揭开帷幕已无人。

"回首您对我嘘寒问暖的十余年，往事历历在目，不禁黯然神伤。多少次我来到您的房门，想再亲手侍奉您一次，揭开帷幕才发现您早已踪影全无。"

这首诗竟将我的心事表达得这样淋漓尽致，尤其是结尾一句"揭开帷幕已无人"，那种怅然若失之感，痛彻心扉，久久挥之不去。丧失感大概是人心里一道永远也愈合不了的伤疤。所幸现在我至少每天能用缤纷的花装饰她的遗照，以此来填满我内心的空白，也算是聊以自慰吧。

（2010 年）

为了春再来

二〇一一年三月，日本的东北地区和太平洋沿岸的关东地区遭遇了严重的地震、海啸以及随之而来的核泄漏事故。住在京都的我虽每天都盯着电视机，却束手无策。

然而大自然是公平的，到了四月，即使是受灾地区同样也能感受到草长莺飞、万物萌生的春意。我只能在心里默默祈祷受灾地区的人们早日回归安稳生活。

一二三四年蒙古军大败金军，金灭亡。45岁的元好问（1190—1257年）作为金的遗民活了下来，写下了许多描写战乱之下国破家亡的诗句。

这首《初挈家还读书山杂诗四首》其三就描写了他与家人在金亡国后终于跋山涉水再次回到故土的感慨之情。

眼中华屋记生存，旧时无人可共论。

老树婆娑三百尺，青衫还见读书孙。

"昔日的华屋美宅和屋中人事种种只存在于记忆之中，能与我一起谈论之人也早已不在。只有那棵百年老树留了下来，我的孙子也会像我一样身着青衫在这里读书吧。"

面对满目疮痍的故土，诗人只能将希望寄托于逐渐长大的小孙子，这样一想竟也是一种安慰。这首以战乱为主题的作品所表达的心情，与经历过天灾之后的内心异曲同工。

我的母亲生于大正二年六月（1913年），家在东京下町本所，卒于二〇〇九年四月，享年95岁。大正十二年九月一日，10岁的她亲历了日本关东大地震，之后跟着双亲和弟弟一起移居大阪。这一段恐怖经历在母亲潜意识里生根发芽，母亲无数次在心里怀念地震之前家乡小城的温馨画面，她根本无法接受这一画面瞬间土崩瓦解的事实，以至于在地震过后的很多年，这种痛苦经历依然伴随着她。这就是现在我们所说的PTSD，也叫创伤后应激障碍。

这种深层的记忆在她晚年记忆开始混乱时便时常浮上心头，她总是能忆起地震之前与父母兄弟共度的美好时光，进而看到眼前只有我们两人相依相伴的现实，那种心里的落差是怎样都无法填满的。

阪神淡路大地震如此，如今东日本大地震亦如此，恐怕都会成为孩子们心上无法愈合的伤口吧。一想到我的母亲带着这样的伤痕过了85年，我就觉得这世上再没有比关爱孩子的心灵更重要的事情了。

时间无涯，大自然周而复始，交替更迭。时间会把一切破坏殆尽，也终将治愈一切。无论是多么荒凉的土地，草木都会重生，春天也终将到来。就像我所种植的盆栽，虽然它们在冬天是一树树枯木，但只要春天一来，花蕾还是会爬满枝头，叶子仍然会在春风中舒展开来。植物强大的生命力使我常常想到唐代诗人杜甫(712—770年)《春望》的开头一句话"国破山河在，城春草木深"，希望受灾地区的人们，尤其是老人和孩子能真正从精神上和物质上接受春天的洗礼，早日迎接属于他们的生命的春天。

(2011年)

降诞会和安良居祭

春光烂漫，我家阳台上的盆栽从三月下旬陆续开花。樱花、桃花、金缕梅、牡丹、木槿、海棠花竞相开放，就连开得最迟的山茶花也吐露花蕊。这样一来，即使我足不出户，也能尽赏春色。

说起百花竞放的四月要做的事，当然是四月八日的花祭，也就是为庆祝释迦牟尼诞辰所举行的降诞会。中国古代六世纪中叶，南朝梁国宗懔所著《荆楚岁时记》一书中曾有这一天人们把各色香水撒到释迦牟尼身上的记载。这也是降诞会之所以被叫作"浴佛会"和"灌佛会"的原因。日本现在仍然保留这一风俗。这一天人们会在寺院里准备好一间装饰过的佛堂，并在佛堂里置一尊佛像，备好一桶甘茶，以长柄勺舀甘茶浴佛像来庆祝释迦牟尼的生日。然而，在百花盛放的季节庆祝的降诞会与在大雪纷飞的严冬庆祝的圣诞节（基督生日）意趣完全不同。降诞会是一个充满日本风情的色彩斑斓的节日。

中国在降诞会之后的四月十四日也有一个节日。那便是中国八仙之一的吕洞宾的生日。清朝把这一节日叫"神仙生日"，在这一天人们通常会以吃"神仙糕"（五色的糕点），戴"神仙帽"的方式庆祝。仙人传说原本是道教的传说。最具代表性的节日就是吕洞宾的生日，与释迦牟尼生日一样都在四月，可以说意味深长。无论是佛教还是道教，四月都是适合神仙诞生的季节。然而，神仙诞辰的四月一到中旬，春花也将落尽。咏叹落花时节的诗中最脍炙人口的一首莫过于唐朝诗人杜甫（712—770 年）的七言律诗《江南逢李龟年》。李龟年是唐玄宗时期的宫廷乐师。

岐王宅里寻常见，崔九堂前几度闻。

正是江南好风景，落花时节又逢君。

"当年在岐王宅里，常常见到你的演出；在崔九堂前，也曾多次欣赏你的艺术。没有想到，在这风景一派大好的江南，正是落花时节，能巧遇你这位老相识。"

755年，安史之乱。在此之前，作为唐玄宗最爱的歌者李龟年，唱遍了长安城（今西安）中的皇亲贵胄之家。杜甫也曾多次聆听他的美妙歌声。那之后岁月流转15年，飘零江南的杜甫再次遇到流落他乡的李龟年，又是在这样一个落英缤纷的季节，两人身世辗转，转眼落魄却意外相逢，不免生出天上人间之感。这该是怎样的一种绝望和哀叹？

京都在四月中旬的落花时节，在大德寺附近的今宫神社里有一个庆典，叫安良居祭。平安时代后期，樱花凋落之际，疫病流行，为了镇住随落花飘散的恶灵和瘟神，日本开始庆祝这一节日。作为一个以奇异出名的庆典，消灾舞也会登场。这对于很多年前在今宫神社附近上高中的我来说，是非常值得怀念的当地庆典。这个时候正是豌豆和草莓上市的季节，去安良居祭游玩回来的父母有时会带回些时鲜货。而那些不美好的东西也会随着落花飘散，让人又元气满满。

（2012年）

五月

苏东坡像（唐寅《东坡先生笠屐图》）

生之达人苏东坡

今年虽恰逢天气异常，冬春交替凉热反复，温差较大，樱花却比往年更加艳丽多姿。如今早已满眼新绿，气候也逐渐稳定下来。春风和煦，新叶在风中摇曳生姿，即使是喜欢宅在家里的我也不禁想外出散步。

说起日本春天的花，人们最先想到樱花，而于中国而言，牡丹才是春之花的代名词。牡丹原产于中国，隋朝以后才开始栽培作观赏用，繁盛于唐朝。唐玄宗的宠妃杨贵妃（719—756 年）是一位丰满美艳似牡丹的美人。唐朝大诗人李白（701—762 年）在他的《清平调词三首》其一中曾用"云想衣裳花想容，春风拂槛露华浓"形容杨贵妃媲美牡丹的雍容华贵的姿态。

公元十世纪后期的北宋以后，牡丹的人气逐日增高。每当到了牡丹盛放的季节，人们便蜂拥而至各大牡丹胜地。七言绝句《吉祥寺赏牡丹》就是北宋的大文豪苏轼（号东坡居士，1037—1101 年）在杭州（今浙江省杭州市）的牡丹胜地吉祥寺赏花时所作。

人老簪花不自羞，花应羞上老人头。

醉归扶路人应笑，十里珠帘半上钩。

"我虽已年过半百，却不为头上插着牡丹花而难为情，反而是牡丹花因被插在一个老人头上而难为情。一路赏花饮酒沉醉归来，被人搀扶引得路人哄笑。十里长街，珠帘上卷，百姓们争相看我这个放荡不羁的太守。"

诗人用轻松的语调描写了在观赏牡丹的归途中乘兴把牡丹插在头上，自己喝醉后走起路来东倒西歪，只得被人搀扶，引得百姓争相来看的情景。诗句夸张，语意诙谐。

我们家也种了两株牡丹，一株粉色一株红色。春天一到，它们便开出硕大的花朵，极其艳丽华美，花朵直径可达 15 厘米以上。作为杭州通判（副知事）的苏轼，头插牡丹恣意行走的模样想必是很罕见的吧，所以当老百姓看到这样的苏轼，才会哄笑着争相观看。而且从与这首诗同时期创作的苏轼的另一作品《牡丹记叙》中可以看出，不仅仅是苏轼本人，去吉祥寺赏牡丹的人数以万计。他们成群结队并且不约而同把牡丹插在头上，简直像是一场盛大的牡丹嘉年华。

纵情恣意醉心牡丹的苏轼，同样也是个美食鉴赏家。他尤爱时令食物。所以在他因政治纷争被贬黄州（今湖北省黄冈市黄州区）时，刚到那里就写出"长江绕郭知鱼美，好竹连山觉笋香"的句子，大意是：这里的城郭被长江环绕，鱼儿一定肥美无比；漫山遍野茂竹林立，只觉阵阵笋香扑鼻而来（《初到黄州》第三、四句）。表达了他内心充满对美味的期待和渴望。

说起来，我前几天也买了些鲜嫩的竹笋，并做了竹笋饭和"若竹煮"①。虽说我是边回忆母亲的做法边做的，却意外顺利。因为制作过程很耗费功夫，我本想着一年只做一回，但是后来无论如何还想再吃一次，于是又动手做了一次，技艺总算精湛起来，实在是令人喜不自胜。

苏东坡无论在什么样的处境中都抱有乐观、豁达的人生态度，是当之无愧的"生之达人"。对于苏东坡的

---

① 新鲜裙带菜和竹笋的炖菜。

境界我虽望尘莫及，但我也想做一个会为了美丽的事物心生雀跃，在追求时令食物带来的满足的同时，达到内心丰盛与富足的人。

（2010 年）

与端午有关的传说和记忆

　　端午节的来临意味着一个春风和煦的五月的开始。传说如果鲤鱼能逆流而上就能出人头地成为龙。也正因为这个"鲤鱼跃龙门"的传说，日本自古以来就会在这一天挂起鲤鱼旗，以祈祷家中的男孩健康成长。事实上，日本的端午节是由中国传入的。

　　战国时期楚国诗人屈原（前339？—前278年）虽属贵族，却被楚王及同僚疏远，遭流放江南，屈原于阴历五月初五这天投身汨罗江（位于今湖南省）自尽。公元六世纪中叶，南朝梁国宗懔所著《荆楚岁时记》中就有关于这一日人们为了悼念屈原举行龙舟比赛的记载。

　　长崎自古以来的龙舟赛也在端午节这天举行，大概也是为了继承为悼念屈原而赛龙舟的传统吧。日本的鲤鱼旗也与水有很大关系，可以说在深层次与其由来有相通的地方。值得一提的是，日本端午节吃柏饼①和粽子的风俗也与屈原的传说有关。传说人们把年糕投入江中祭祀屈原的时候会用蛟龙害怕的树叶包上，防止蛟龙抢走祭品。如今我才意识到，原来年中行事②都有这么深刻的由来。

这些暂且不论，中国的龙舟竞赛在那之后很长一段时间得到了继承和发扬，逐渐盛行起来。南宋诗人范成大（1126—1193 年）写的七言绝句《竹枝歌》描写了赛龙舟的热闹场景。

五月五日岚气开，南门竞船争看来。
云安酒浓麴米贱，家家扶得醉人回。

"五月初五端午节这一天，山岚之上，天朗气清，在南门比赛的龙舟争先恐后，惹得一些人都来观看，加上云安（重庆市）的酒味浓烈而粮食又便宜，家家扶着喝得大醉的人归去。"

这是范成大在四川任长官时期的作品，由此可见，

①用柏树叶包的带馅年糕。
②年中行事，即在农历年中有关岁时、岁事、时节、月令、日令等方面的行为习俗。

以屈原的悲剧性的传说为底色而进行的赛龙舟，也完全变成了令人兴奋的祭典。

京都在端午节之后的又一大盛事就是五月十五日的葵祭①。葵祭是一个非常古老的节日，在《枕草子》和《源氏物语》中都有记载。每年人们都会把这一节日作为季节更替的节点，葵祭一过意味着季节由春光烂漫逐渐迈向初夏时节。

我家阳台上并没有葵科植物，春天阳台上最美最娇艳的花当属牡丹。当然，如此美丽的花朵并不是一朝一夕成就的。一般牡丹枝上先长出嫩芽，在忍受了极寒的季节之后于次年三月末至四月初的气温回暖之际在嫩芽上很快长出花苞和叶子。不久，花苞长大变成花骨朵，然后才慢慢开花。这一过程往往令人感动，令人不得不惊叹于那么细小的嫩芽在积蓄了一个冬天的能量之后爆发出来的戏剧性的力量。自古以来，人们都把杨贵妃比作牡丹。或许杨贵妃的美貌的确堪比盛放的牡丹，但当我目睹了牡丹的嫩芽与寒冬的斗争之后，我不禁会想杨贵妃应该不具备牡丹那种忍受极寒的坚韧吧。

---

①日本平安时代最具代表性的祭祀活动，因牛车、神殿、冠等均用葵鬟装饰，因此得名。

类似端午节这样的传统节日都是源自各种古老的传说，传承自遥远的记忆；而像牡丹这样的植物便是同时具备了与寒冷做斗争的忍耐力和持久积蓄能量的能力。华丽盛开的背后，是不断努力累积的坚韧不拔。

（2010 年）

立夏　游船

　　尽管我家阳台上净是一些盆栽，但这个春天我还是欣赏到了各式的梅花、樱花、海棠和牡丹。每天光是看着这些娇艳的花朵便喜不自胜。不知不觉立夏过了，真正的夏天就要来了。

　　十九世纪前半期，清朝的顾禄（生卒年不详）所著江南苏州岁时记《清嘉录》中记载到了立夏日，各家各户会拿出天平为全家人称体重的传统，被称为"称人"。而且到了立秋还要再称一次，以确认家人们在夏天期间的体重变化。不过，这本书中没有详细介绍究竟是如何用天平称一个肥胖的成年人的。这实在是个有趣的习俗。不仅如此，通过两次测量，可以清楚把握因苦夏①而造成的体力消耗。其实，我也属于苦夏体质，借着这

①暑热高温导致人体出现疲劳乏力、食欲下降、体重减轻的短期现象。

一风俗，在立夏日我也会称一称体重。

言归正传，说到夏天，必然会让人想到各种水上游乐活动。每年，从与立夏几乎同时的端午节，到赛龙舟、挂鲤鱼旗等后世进行的活动及风俗习惯，都与水有颇深的渊源。立夏过后十天左右，也就是每年五月的第三个星期天，在京都的岚山[①]上的车折神社都会进行例行的"三船祭"。这一日岚山的大堰川上会漂浮着二十多艘"御座船"和"龙头船"，重现平安时代人们乘船游水的场景。"三船祭"是从一九二八年开始的，虽说年代算不上久远，但因其颇能使人在初夏感到阵阵凉意而大受欢迎。

中国古代皇帝隋炀帝（569—618年）生性狂放，喜乘船出游。每次出游，都从洛阳出发到扬州，其间数万只豪华游船浩浩荡荡漂浮在大运河上，场面相当壮观。以此为开端，后来的江南，人们尤其喜欢在画舫中宴饮游乐，可以说盛极一时。以明代中期文人唐伯虎（1470—1523年）为主人公的短篇小说《唐解元一笑姻缘》（《警世通言》第二十六卷）描写了吴中才子唐伯虎在游船时发生的爱情奇遇。小说中放荡不羁的唐伯虎在

①位于京都西京区的山。

24

苏州的一处河上游船时对一艘豪华画舫中的婢女一见钟情。于是他一路追随画舫至无锡船主家，并作为仆人入住其家，最终得到主人信任，并与婢女结婚，实现梦想。

唐伯虎是苏州文化的代表人物，也是"吴中四才子"之一。他通晓诗词书画，因他放荡不羁的脾性，在当时的商业大都市苏州可谓妇孺皆知。他一生止步于科举考试会试，只是一介秀才，只因他无端卷入一场作弊纷争，遭到永久不得参加科举考试的惩罚。此后，他一边靠卖诗画为生，一边游荡江湖、快意人生、好不自在。这样的唐伯虎留下许多风流逸事，前面所述便是其中之一。而接下来这首七言绝句《伯虎绝笔》则是他在54岁辞世之际所作。

生在阳间有散场，死归地府又何妨。
阳间地府俱相似，只当漂流在异乡。

"人活一世终有曲终人散的时候，死后就算去了地府又何妨呢？人世间和地府无非一上一下，其他也都相似，就当自己是漂流异乡而回不了家的人吧。"

这是何等的豁达与超然。我几乎不会游泳，又因为怕坐船，因此很少乘船游玩。虽不及唐伯虎，至少我能在每日看着阳台上的盆栽，感受丝丝凉意的同时，享受退休之后无拘无束的生活。

（2012 年）

六月

贩售清凉饮料的路边摊（六月）

凉冰祛邪气

六月，梅雨季节。丝雨绵绵，湿气氤氲弥漫。闷热的日子变得多了起来，身上仿佛永远有一层挥之不去的黏汗，叫人心烦意乱。京都有六月吃"水无月"①这种日式点心的习惯。水无月是在三角形的米粉糕上铺满红豆，日本人相信红豆能祛除人身上半年来的秽气，三角形的米粉糕代表祛暑用的冰，红豆驱魔的寓意则是源自让秽神远离的祭神仪式"越夏祓"。

说起与冰有关的点心和果子，就不得不说金泽市的"冰室馒头"。这是一种用红白酒做的点心。自一九七六年开始，我曾在金泽大学执教19年，每逢七月初一，人们都会买来"冰室馒头"自己吃或者送人。其中的缘由也值得一提。那就是，古时每逢阴历六月初一有加

①水无月也是日语中阴历六月的别称。

贺藩①向将军家献冰的惯例。因此人们会事先打开冰窖，在到达藩邸②之前将冰块用层层竹叶包裹。金泽市的水甘甜可口，我至今记得初到金泽时，用煮沸的自来水冲过的速溶咖啡的味道，简直好喝到令人眩晕。那么，想必那些运往将军家的冰一定也有不寻常的美味吧。

言归正传，为了祈祷冰能安全运送到将军家，人们会在神社中供奉"冰室馒头"。而不知何时，"冰室馒头"在民间流传开来，人们相信吃了它可以为人祛病消灾。无论是"水无月"还是"冰室馒头"，一年过半，在暑气渐长的季节，这一通过吃点心给人以清凉感觉，祈祷下半年平安无事的风俗，超越时空得以延续至今。

中国古代阴历六月也是一个与冰密切联系在一起的时节。清朝末年富察敦崇（1865—1921年）所著北京年中行事录《燕京岁时记》曾有过这样的记载：阴历六月至七月，官府会给官员配发"冰票"，以此作为凭证领取冰块。除此之外，这一时期在民间也有走街串巷的小贩，沿街贩卖在冰窖里冰过的饮料。这种小贩一般手

①日本江户时代领有加贺、能登、越中三国的藩，藩主为前田氏。
②各大名的室邸，尤指在江户的藩室邸。

持两个冰盏（铜制容器），敲击发出清脆的响声以此招揽客人。

清中期乾隆六十年（1795 年），记录北京风土人情的类似民歌风格的诗《都门竹枝词》（全百首）（净香居主人著）中，也描写了小贩敲击冰盏叫卖饮品的场景。

冰盏叮咚满街响，玫瑰香露浸酸梅。

门前又卖烟儿炮①，一阵呵呵拍手来。

"冰盏的响声叮叮咚咚响彻一条街，原来是在卖用玫瑰香露浸成的冰镇酸梅汤。门前又来了个卖雪花酪的小贩，一时间都是啪叽啪叽的拍手声。"

如同歌中所描述，这些走街串巷的小贩和露天摊贩正是老北京市井百姓生活的真实写照。

在没有冰箱和空调的时代，无论是在日本还是在中国，人们煞费功夫在梅雨季节或者初夏时节制作一些鲜少能品尝到的带有凉感的饮食，然后在细细品味中享受张弛有度的生活，这何尝不是人生一大乐事？对于现

---

①北京话把骗人的东西叫作"烟儿炮""鬼吹灯"。因为所谓的雪花酪就是冬天冻的天然冰制作的，一点儿也不卫生。

代人而言，冬天在开着暖气的房间吃冰激凌，夏天在空调屋里吃很热的食物，是理所应当的事情。人们忘记了在季节推移的过程中，同自然变迁一同生存，这难道不是人类丧失了作为生命体最基本的品质吗？这样想着，我便一边吃着"水无月"，一边看着阳台上属于六月的花——绣球花①。

（2010 年）

---

①又名紫阳花。

洞庭湖——一个令诗人魂牵梦萦的地方

六月总是给人以湿答答之感。我所居住的京都地处盆地，周围被群山所环绕。说起与水有关的风景，我脑海中立刻浮现出附近滋贺县的琵琶湖。出身滋贺县的诗人河野裕子曾有诗曰："琵琶湖碧波荡漾，谓之近江。"被这首诗深深吸引的我，每次读到都仿佛看到了恬静幽深的琵琶湖。

如果说日本最大的湖——琵琶湖给人的感觉是"静"，那么洞庭湖给人的感觉就是"动"。唐朝大诗人杜甫（712—770 年）的五言律诗《登岳阳楼》的前四句正是描写这种感觉的场景。岳阳楼是洞庭湖东北边上的一座三层楼阁，从楼上可以将洞庭湖的景色尽收眼底。

昔闻洞庭水，今上岳阳楼。

吴楚东南坼，乾坤日夜浮。

"从前只听说洞庭湖波澜壮阔，如今有幸登上湖边的岳阳楼。大湖浩瀚，像是把吴楚两地隔开，日月星辰似乎都漂浮在水中。"

后四句笔锋一转：

亲朋无一字，老病有孤舟。

戎马关山北，凭轩涕泗流。

"没有得到亲朋故友的一字音信，年老体弱的我只有一叶孤舟相伴。关山以北战事烽火仍未止息，凭栏遥望，胸怀家国，泪水横流。"

这首诗表达了诗人漂泊天涯，怀才不遇的家国情怀。杜甫在公元七五五年安史之乱爆发以后，居无定所，与妻子常年辗转漂流在江南各地。

虽然吟咏洞庭湖和岳阳楼的诗很多，但是《登岳阳楼》当属名篇中的佳作。尤其是第三、四句"吴楚东南坼，乾坤日夜浮"，更是因其把宇宙描写得壮阔又生动而得到很高的评价。顺便说一下，战国时期楚国诗人屈原所投汨罗江（位于今湖南省）也是在洞庭湖附近。可以说这一带的山水激荡着像杜甫和屈原这样怀有深切悲伤的大诗人的灵魂。

说起六月给人以水的印象的花，就不得不提紫阳花（即绣球花）。蓝色的紫阳花比较常见，但是以前我家阳台上有一盆大红色的。虽然我买的时候开蓝色的花朵，但是在把它移植到更大的花盆之后，不知是土壤改变还是其他原因，之后再开花就变成了大红色的。这个颜色着实美丽。我虽每年都小心培育，但那盆大红色的紫阳花还是没有逃过虫害而死掉了。自那以后，我多次寻找大红色的紫阳花无果，我心想着万一再有像之前那盆一样突然变颜色的紫阳花出现呢，于是就买了很多盆紫阳花放在阳台上，但是它们的花都没有再变成大红色。就在快要放弃的时候，我竟无意间碰到了大红色的紫阳花。我赶快买来摆在阳台上，就像是碰到了多年不见的老友一般幸福，每天怎么看都看不厌。

也许大红色的紫阳花最大的魅力就在于它颠覆了人们对紫阳花都是蓝色的这一传统认知吧。这是不是也正是京都人们在夏季仍有吃"怀中汁粉"①的原因呢？从六月到九月，遵循传统将"怀中汁粉"作为季节限定食品供应的店铺不在少数。在炎热的季节，一边呼呼吹气，一边喝上一碗热气腾腾的"怀中汁粉"，何尝不是一种消暑的方式？就像大红色的紫阳花一样，别有一番趣味。大红色的紫阳花也好，"怀中汁粉"也罢，都能让人在品味其中出人意料的趣味的同时，体会张弛有度的生活中简单而微小的幸福，谨以此摆脱阴雨连绵的季节。

（2011 年）

---

①一种日式食品。将干豆沙馅、淀粉、砂糖搅拌在一起，用糯米饼包起的食品。冲入热水后即成为年糕小豆汤。

与君名作紫阳花

若论六月的花，当属紫阳花。我很喜欢紫阳花，家里也种了好几盆，但是不知道是不是过分修剪的原因，今年除了那盆进口的白色紫阳花之外，其余都没有长出花蕾。它们的叶子很繁茂，根也扎得牢固，我相信如果我不再人为过度修剪而是让它们自然生长，来年定会有不一样的结果。

与花木为友之后，原本性格急躁的我也变得有耐心起来。即使它们没有开花，我也能泰然处之。我会想着它们或许是在积蓄能量，我应该顺其自然，静待结果。

紫阳花原产于日本，虽然不知它是由什么样的路径传播的，但是传说自唐代传入中国后被叫作"紫阳花"。唐朝大诗人白居易（772—846 年）在他的七言绝句《紫阳花》的序中这样写道："（杭州）招贤寺有山花一树，无人知名，色紫气香，芳丽可爱，颇类仙物，因以紫阳花（紫阳一名来源于汉代仙人紫阳真人）名之。"由此可见，白居易是给紫阳花命名的人。下面是这首诗的全文。

何年植向仙坛上，早晚移栽到梵家。

虽在人间人不识，与君名作紫阳花。

"这花是何时栽种在仙境的，又何时被移植在寺院中我不得而知。这花虽生在人间但世人却不知道它的名字，就叫它紫阳花吧。"

传说也正因为这首诗，亭亭玉立楚楚可怜的紫阳花漂洋过海来到中国被命名后，日本最终也将此花以紫阳命名。这一传说的真伪虽无从考证，但这无疑是关于紫阳花得名最浪漫的解释。

紫阳花是淫雨霏霏的季节里一抹艳丽的色彩，令人不得不爱，眼看着时令到了夏至。夏至把夏天推向高潮。最近由于梅雨季节的推迟，即使到了夏至，空气中仍然弥漫着湿气，天光黯淡的日子仍在持续。尽管这样，在晴好的日子里强烈的阳光透过厚厚的云层照射下来，还是能让人切实感受到夏天的来临。

南宋诗人范成大 (1126—1193 年) 所写《喜晴》一诗，正是描绘了这样的景象。

窗间梅熟落蒂，墙下笋成出林。

连雨不知春去，一晴方觉夏深。

"窗前的梅子成熟落蒂了，墙角下的竹笋也长成了林。整天下雨都不知道春天已经结束了，天一晴才发现原来已到深夏。"

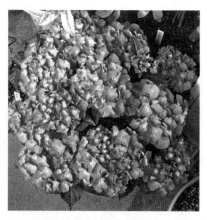

紫阳花（2011 年 5 月拍摄）

作者用质朴率真的语言表达了自己对眼前季节变换之快的惊讶。

祖母和母亲都是六月生人。祖母很长寿，她尤其喜欢在生日这天吃红豆饭庆祝。红豆饭色泽诱人，每每吃到，作为子孙的我的喜悦都溢于言表，心情也跟着明朗起来。

祖母去世已经五十多年了，母亲也去世三年多了，但是每逢她们的生日我还是会在她们的神龛前供奉上一碗红豆饭，然后细细品尝撤下神龛的红豆饭以表哀思。

（2012 年）

七月

织女和牛郎

七夕传说和祇园祭①

　　七夕将近，日本每年这个时候，最引人注目的活动是孩子们会在长条诗笺上写下愿望，连同用纸做的装饰品一起挂在自家院内的小竹子上。中国自古以来就有七月初七这天晚上牛郎织女在天河上相会的传说。公元六世纪中叶，南朝梁国宗懔所著《荆楚岁时记》中把这一天称为"乞巧"，到了晚上妇女们会在庭院中摆上桌子，并以彩线穿针，供奉水果、清酒，祈求心灵手巧。这种拜织女的习俗，一直延续到十九世纪末的清朝末年。以诗笺挂竹是日本七月初七独有的习俗，但是在诗笺上写上愿望的风俗的确与中国的乞巧节的祈愿有异曲同工之处。

　　七夕过后，就是京都的祇园祭了。这个时候的闷热

①每年阴历六月十六日前后，在京都、小仓等的八坂神社举行的夏日祭礼。

是难以言喻的。不过年轻人却不把这炎热当一回事，他们身着浴衣成群结队浩浩荡荡去参加十五日和十六日的正式祭典前的祭祀活动。我害怕融入这种热火朝天的人群，因此只能望而却步，只在白天的时候时不时望向祭祀用的矛和远处的山，沉浸在一种莫名的节日气氛中。说起祇园祭必不可少的吃食，非鲭鱼寿司和鳗鱼莫属。鳗鱼必须经过专业人士处理才能成为料理食材，把鳗鱼过热水然后冷却，在它白色的身体上面放上红色的梅肉，光是看起来就很清爽美味。只要看到海产店前排起等待处理鳗鱼的长龙，我就知道夏天是真的到了。

祇园祭最初是京都人在八坂神社举行的祭祀活动，我虽住在京都但非土生土长的本地人，在某种意义上对祇园祭还是有些距离感的。或许祭祀活动本就是本土特色不可分割的一部分。

我小时候曾住在富山县，最令我难以忘怀的是高冈市五月的御车山祭①。装点绚丽的花车在各镇内进行盛大的巡游活动。我小时候因为喜欢这个庆典，有一次甚至跟在花车后面迷了路。这一日，当地人都会吃"惠比

---

① 日本富山县高冈市重要春季祭礼，由集高冈工艺之精华的 7 台豪华花车在街上游行。

寿"。这是一种将冻粉① 煮沸溶解，并用酱油和糖调味，有时会加入鸡蛋，然后冷却成块的简单吃食。吃食虽简单，却各家有各家的风味。我曾多次受邀去别人家品尝它，边吃边比较个中不同，竟也情不自禁地高兴起来。可以说，高冈的花车和"惠比寿"的味道，是我认识传统祭祀活动的起点。

从那之后到现在几十年过去了。我如今居住地周围一带的秋季祭祀活动，也都给人本土化的感觉，十分有趣。小学生年龄的女孩们在神舆队列过后活跃起来，她们十几个人排成一长列，交替挥动鼓槌，打击大鼓。真实的场面十分壮观，现场亲眼去看会令人血脉贲张。这一带在几十年前还是农村，农田广布。少女们拼命打鼓好像本来是为了祈祷丰收的。顺便说一下，唐朝诗人王驾（851—？年）的一首七言绝句《社日》用轻松的语调描绘了乡村祭典活动的情景。

鹅湖山下稻粱肥，豚栅鸡栖半掩扉。

桑柘影斜春社散，家家扶得醉人归。

---

① 将石花菜煮熟后加以凝冻、干燥的食物。有棒状、丝状和粉状等。

"鹅湖山下（江西省），庄稼长势喜人，家家户户猪满圈，鸡成群，门儿都半掩着。天色已晚，桑树柘树的影子越来越长，春社的欢宴才渐渐散去，喝得醉醺醺的人在家人的搀扶下高高兴兴地回家。"

在丰收季节的秋祭日，家家户户都半掩着门去祭拜土地公，到了傍晚，人们喝得醉醺醺的。一家人互相搀扶着回家。这首诗生动描写了人们从日常的忙碌生活中解放出来，在特殊节日里的快活。我虽无法亲身体会这一祭典的快乐，至少我能在少女们的鼓声中感受到相似的喜悦。

（2010 年）

关于秋季晾晒的遥远记忆

    自古以来，每年阴历七月初七牛郎织女相会银河的传说就广为流传。与此有关的诗句不胜枚举。唐朝大诗人白居易的七言绝句《七夕》就是其中之一。

    烟霄微月澹长空，银汉秋期万古同。
    几许欢情与离恨，年年并在此宵中。

    "朦胧夜色中，一弯残月挂于长空。漫漫历史长河中银河两端七夕的相逢都是一样的。每一年的这一天，牛郎与织女都体味着相聚的欢愉与离别的愁绪。"

    这样一首以牛郎织女的悲剧故事为题材的小诗，抒发了痴情男女的哀怨与离恨。这首诗所作年代不详，大概是诗人年轻时候写下的。白居易曾有一个未能成婚的初恋，这首诗仿佛表达了他对昔日恋人情丝难断、柔肠百结的深情。

与浪漫的七夕节不同的是，中国古代阴历七月初七这天，有晾晒书籍和衣物的习俗。魏晋名人逸事集《世说新语》（任诞篇）中就收录了关于秋季晾晒的有趣故事。"竹林七贤"之首阮籍（210—263年）与侄子阮咸（生卒年不详）住在道南，其他同姓族人住在道北；道北阮家都很富有，道南阮家比较贫穷。七月初七那天，道北阮家大晒衣服，晒的都是华贵的绫罗绸缎；阮咸却用竹竿挂起一条粗布短裤晒在院子里。有人对他的做法感到奇怪，他若无其事地回答道："未能免俗，聊复尔耳！"（我还不能免除世俗之情，姑且这样做做罢了！）从这个故事，我们可以看出秋季晾晒的习俗是真实存在的，对于富人来说是一个很好的炫富的机会。这是阮咸对世俗的反抗，对别人嘲笑的反击。

在我小时候，我们家也曾在梅雨时节不多的晴天里把家里古物、挂轴字画和衣服摆在日头下面晾晒。不过这倒真不是为了"炫富"。现在我身边既没有珍贵的旧物，那些旧的不能穿的衣服也都丢掉了，另外，衣橱的各个抽屉里都尽可能地塞满了干燥剂，那些关于晾晒的记忆就变得遥远了。

　　这样说来，到了晾晒衣物的季节，如果天气晴好，母亲会把她的和服拿出来一件一件拆开洗，然后绷紧撑开晾晒起来。和服浆洗的两种方法：一种是把浆洗后的衣物贴在木板上，以消除褶皱并使之干燥；另一种是将和服拆洗后缝成剪裁前的样子上浆，用竹撑将衣料两头别起后晾干。衣料晾干之后就如同新的一样，还能裁剪出新的和服样式。这是半个世纪以前的事情了，那个时候把和服拆了浆洗然后晾干是非常常见的事情。现在看来这也是很高明的翻新手法。现在人们不常穿和服了，于是这种高明的翻新方法也渐渐淡出人们的视线。

　　顺便一提，针织衣物也是可以经常翻新的。我的母亲很喜欢编织东西。她经常会把一些手工编织的毛衣、围巾之类的东西解开来洗。等晾干了，我们就会帮她把毛线缠成线团，她又会织出新的编织物，并乐在其中。无论是浆洗和服还是重新编织针织衣物，这样做既不浪费东西，又能使物资再生，真是平常生活中的智慧体现！针线活和织毛衣我都不擅长，那我只有好好珍惜母亲留给我的各种各样的手工织物了。

（2011 年）

夏日最终章——紫薇

　　说起七月，最先想到的是京都的祇园祭。虽说锵锵锖声的确能带来阵阵凉意，但这个时节的京都的闷热是无法言说的。但这也仅仅是个开端，真正的夏天是在祇园祭之后开始的。

　　中国一年中最热的节气要数"三伏"。即夏至后第三个庚日为头伏，第四个庚日为中伏，立秋后第一个庚日为末伏，从头伏到末伏的这段时间是夏天最热的时候，被称为三伏天。

　　「言うまいと思えど今日の暑さかな」[①]的三伏天里，没有什么比一丝清凉更重要的了。南宋杨万里（1127—1206年）在他的七言绝句《夏夜追凉》中就表

[①]无名作者的俳句。意为即使喊"热"，天气也不会因此变凉，但还是会不自觉说出"热"来。比喻某种事物明知说也无济于事，却还是不能不说。

达了这样的感情。

夜热依然午热同，开门小立月明中。

竹深树密虫鸣处，时有微凉不是风。

"夏天即使到了夜晚还是像白天那般炎热。推开门，伫立在月光下，感受夜的宁静。远处的竹林和树丛里，传来一声声虫子的鸣叫，这时虽没有风却能感到一阵阵清凉扑面而来。"

如水的月光，斑驳的树影，以及悦耳的虫鸣勾勒出一幅夏夜追凉图。这首诗的妙处恰恰也就在这里，原来所谓凉意，不过是夜深气清，静中生凉而已，并非夜风送爽。

我虽然也想象诗人一样在酷暑难当的夏夜出门寻找一丝清凉，奈何我居住在城市，即使走出门去，感受到的依然是令人无法喘息的炎热。为了避免中暑，我只好打开空调，宅在家中，也是十分没有情趣了。

现在的炎热与过去相比是无法想象的，我甚至在想日本是不是变成了一个热带国家。不过即便这样，植物还是会茁壮成长，有时我不得不感叹其旺盛蓬勃的生命力。我家阳台上的合欢和栀子在上月中下旬相继开花。尤其是合欢花，树形优美昼开夜合，令人心生怜爱。紧接着进入盛夏，便是紫薇花的天下了。紫薇枝干浓密，紫红色的花朵艳丽可爱，但与这楚楚可怜的风情正相对的是它迎着炎炎烈日长开不败的强韧精神。

下面这首七言绝句《道旁店》就提到了紫薇花，这首诗也是出自杨万里之手。

路旁野店两三家，清晓无汤况有茶。

道是渠侬不好事，青瓷瓶插紫薇花。

"僻静的道路旁有两三家茶摊，清晨拂晓，摊主们还没有烧起热水。茶，就更未来得及准备了。本想着田间的农夫不懂风雅，可是店里的青瓷瓶中一束紫薇花正若无其事地吐露芬芳。"

诗人本以为乡野村夫不解风雅，但当他看到插在青瓷瓶中的紫薇花，便对茶摊的主人有了新的认识。希望我也能受到阳台上那楚楚可怜又强韧有力的紫薇花的生命力的感染，抛开懒散的自己，精神饱满地迎接漫长的夏季。

（2012 年）

八月

邯郸之梦（选自《元曲选》）

立秋　阳气由盛而衰

　　时值盛夏。我小的时候就算晒得黝黑也很喜欢去游泳、晒日光浴。现在的我没有了那种精力，总想着只要熬过苦夏，过慢生活也没什么不好的。或许是酷暑剥夺了人的精气神，生活变得索然无味，让人连埋头作诗的劲头都没有了，因此中国古典诗词中描写盛夏场景的诗很少。当然，也不是完全没有，比如下面这首。这首诗是南宋陆游（1125—1209 年）所作。是一首标题略长的七言绝句，名曰：《夏日昼寝梦游一院阒然无人帘影满堂惟燕蹋筝》。

　　　　桐阴清润雨余天，檐铎摇风破昼眠。
　　　　梦到画堂人不见，一双轻燕蹴筝弦。

"雨过天晴，梧桐树荫清新柔和。屋檐下风铃摇坠叮当作响，使我从午睡的梦中醒来。梦中我走在一所空无一人的华丽堂舍中，只见两只燕子在古筝琴弦上轻快跳舞。"

风铃的声音在睡梦中叮当作响，两只燕子用脚轻触琴弦的声音声声入耳，这是一幅悠然宁静、饶有趣味的画面。我不禁想，一边做着这样闲适的"白日梦"，一边度过盛夏的酷暑也是不错的。

夏季热烈尚存，时令到了立秋，也意味着盂兰盆节要到了。日本的盂兰盆节似乎与中国阴历七月十五中元节举行的盂兰盆法会以及日本自古以来的诸多风俗有关，都有祭祀魂灵的活动。在我所居住的京都，盂兰盆节是在八月举行，而其实有的地方盂兰盆节是在七月。母亲去世后的第一个盂兰盆节（2009 年），我除了去了她的墓地祭奠，还请了僧人来家里的佛龛前为她诵经祈福。因为有很多不懂的事情，很困惑，在把该做的事情一件一件做成的过程中，我也算是整理了母亲去世之后自己混沌迷茫的内心。

京都盂兰盆节的最后行事是八月十六日的"五山送火"的活动。这是将盂兰盆节迎回的先祖的魂灵送回极乐净土的活动。从我们家的阳台上可以看到京都东山的如意岳山腰上点燃的"大"字篝火。在母亲去世后的第一个盂兰盆节，我看着远山上的篝火，想着与母亲共度的漫长岁月，进而想到早先去世的父亲和祖母，万千感慨涌上心头，久久挥之不去。与此同时，寺院里有鸣钟的习俗。点点篝火伴随着隐约的钟声，渲染出一派庄严悲凉的气氛。

盂兰盆节过后，就是夏天的最后一个盛典——"地藏"盆祭。即是阳历八月二十三日、二十四日两天为祭祀路边的地藏菩萨而举行的活动。地藏盆祭是孩子们的节日，这一日孩子们会聚集在一起抽签、做游戏。我儿时居住在京都西阵地区的千本附近，那里的地藏盆祭尤为盛行。夜幕降临，人们成群结队走在街上，跳着传承至今的"六斋念佛舞"，把祭典的气氛推向高潮。地藏盆祭的结束意味着夏天也跟着结束了，孩子们也到了赶写暑假作业的时候。

这样看来，八月以试图与已故亡魂交流的活动多而引人注目。春夏季节盛行的阳气逐渐减弱，取而代之的是秋冬季的阴气。大概也只有在这样的季节更迭之际，人们才会来一场与亡魂的对话吧。人生就是不断接受生命漫长际遇的过程。

（2010 年）

神游极乐世界

京都的夏天十分炎热，最高气温常常超过 35 摄氏度。在这样的天气里，身体和大脑都懒得动弹，因此我常常昏昏沉沉睡去。我本就属于无论何时何地都能入睡的一类人，不管睡眠深浅，我都会做梦。只不过，一觉醒来就什么都不记得了。

在中国古典短篇小说中，以鬼怪精灵和梦为主题的传奇小说浩如烟海。其中最具代表性的是《唐代传奇》^①中的《枕中记》（沈既济著）和《南柯太守传》（李公佐著）。

《枕中记》的故事梗概大致如下：怀才不遇的书生旅途经过邯郸的一个茶馆，遇到吕洞宾并向他借来青瓷

①唐代文言短篇小说集，内容多传述奇闻逸事，后人称为唐人传奇，或称唐传奇。

枕，随后他很快进入梦乡并深陷其中。他在梦中度过了跌宕起伏，功成名就的一生，直至寿终正寝。梦中断气时，他一惊而起，发现一切如故，自己熟睡前茶馆老板蒸的黍饭（后世戏曲中改为黄粱饭）还没有熟。通过这个梦，书生经历了恩宠屈辱的人生，看穿了困窘通达的命运，明白了获得和丧失的道理，读懂了死亡和生命的情理。这便是所谓的"黄粱一梦"。《南柯太守传》的故事情节与此并无二致。

我在短暂的睡眠中，从未做过能让人深切感受到生命无常的梦。相反，我时常在很短时间就能进入深度睡眠，猛然醒来的瞬间，所有郁结于心的苦闷和疲惫都奇迹般地烟消云散。睡眠带来的神游体验令人身心愉悦。

夏天的炎热真是令人烦躁难耐。说着说着，时令便到了立秋。这一时节，白天虽还炎热，但是从风和云的变幻中还是能感到秋意。日本平安时代歌人藤原敏行[？年—901年（又一说法是卒于907年）]所作"秋意无从明视，风声一瞬惊我心"，是表现季节交替的优秀和歌。中国南宋时期（1127—1279年）诗人刘翰（生卒年不详）所作七言绝句《立秋》，一语道破其中真味。

乳鸦啼散玉屏空，一枕新凉一扇风。

睡起秋色无觅处，满阶梧桐月明中。

　　"小乌鸦在鸣叫声中散去，只留玉色屏风空虚寂寞地立着。突然间起风了，秋风习习，顿觉枕边清新凉爽，就像有人在床边用绢扇在扇一样。睡眠中蒙蒙眬眬地听见外面秋风萧萧，可是醒来去找，却什么也找不到，只见落满台阶的梧桐叶，沐浴在朗朗的月光中。"

　　立秋之夜，于微睡中所听到的秋的声音，其实就是梧桐树叶落下的声音。诗人看到庭院里的台阶上落满的梧桐叶，才切实感到秋的到访。这是一首充满秋意的优秀诗篇。

　　立秋之后的半个月左右，就是标志着暑气终结的处暑。仔细想来，立秋到处暑的这段时期正是盂兰盆节。京都的盂兰盆节也接近尾声，正赶上八月十六日的"五山送火"。在一年中举行的各种活动中，我印象最深刻的就是"五山送火"。每一年，我都一边望着远处的"大"字篝火，一边怀念已故的双亲，眼看着季节由夏入秋，心中总有一种难以言明的感觉。四季不断轮回，希望我能在不勉强自己的情况下利用自然的睡眠，在风云变幻和草木枯荣中接受季节变迁的暗示，顺其自然地生活下去。

（2011 年）

追凉

时值盛夏。夏季本该是海水浴的天下，但我很少游泳，如今更是没有精力去拥挤不堪的海水浴场。我小时候住在富山县高冈镇，父母曾带我去过附近的雨晴、岛尾等海水浴场，这些浴场的水都很干净。与高冈渊源颇深的《万叶集》歌人大伴家持（？—785年）曾有歌曰：策马并进，去雨晴海岸，看穿崖惊涛。意思是：让我们一起骑着马外出吧！一起去看看美丽的雨晴海岸深处那波涛汹涌的盛况！歌人以此来歌颂雨晴的明媚风景。海的对面便是连绵耸立的山。我也经常去与雨晴相邻的岛尾，这里水面像日本海一样平静。我小的时候是不懂欣赏美景的，只是拿着救生圈在海上漫无目的地游荡就够令人心旷神怡了，有时甚至会因为长时间泡在水里脸色苍白却不自知。

值得一提的是，十八世纪后半期，海水浴作为一种休闲方式在欧洲普及。在那之后的十九世纪末，海水浴在中国和日本逐渐盛行起来。位于中国的渤海湾对面的北戴河，是海岸线附近有名的避暑胜地。十九世纪末，此地作为外国人的别墅区被开发起来，随后中国人也开始在此处建别墅。

活跃在清朝末年和民国初期的梁启超（1873—1929年）曾多次去北戴河避暑。一九二五年，又一次造访北戴河别墅时，他在给长女梁思顺的信中写道："每天七点多钟起来，在院子里稍微散步，吃点心下来，便快九点了。只做两点多钟正经功课，十一点便下海去。回来吃中饭，睡一睡午觉……"等诸如此类的话。读着此信，眼前仿佛看到了梁启超先生在海边散步、洗海水浴的场景，这样悠闲恬淡的时光令人羡慕不已。近年来，北戴河成为一个越来越平民化的避暑地，而不像之前只对外国人和中国的上层阶级人士开放。这么说来，日本的轻井泽虽然不属于沿海地带，但它的发展变迁与北戴河颇有相似之处。

言归正传，海水浴作为近代人的一种休闲娱乐方式，当然不可能出现在中国的古典诗词中。中国古典诗词中描写与水有关的夏天的娱乐方式，无非就是在河里或者池塘里泛舟，抑或是在水边散步。北宋诗人秦观（1049—1100 年）所作七言绝句《纳凉》便描写了这两种娱乐方式的乐趣。

携扙来追柳外凉，画桥南畔倚胡床。

月明船笛参差起，风定池莲自在香。

"携杖出门去寻找纳凉圣地，画桥南畔，绿树成荫，坐靠在胡床之上惬意非常。月明之夜，船家儿女吹着短笛，笛声参差而起，在水面萦绕不绝。晚风初定，池中莲花盛开，自在幽香散溢，沁人心脾。"

与白天阳光直射下的海水浴不同，这首诗着重描写在朗朗月光下漫步河边，乘船游玩，尽情领略纳凉况味的情景。这正是河边纳凉真正令人难以割舍的趣味所在。

我本来就疏于户外活动，海水浴在我成年后便没有去过，为了纳凉出去散步，更是没有想过。而且，现在的夏天，就算是晚上，依然很热，出去散步反而会使人大汗淋漓。立秋、处暑过后，夏天在抱怨声中接近尾声。为了免于苦夏，我经常想象自己的家就是海边的度假别墅，我也像梁启超一样尽情在家中放松身心，自在快活。

（2012 年）

九月

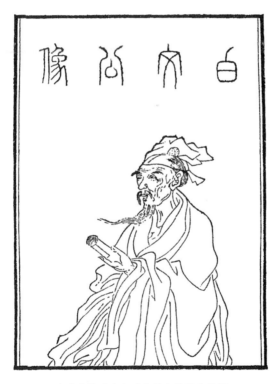

白乐天像（出自《吴郡名贤图传赞》）

行至暮年反而活得热烈

炎热的天气再怎么继续，一入九月，白露如期而至。白露一过，秋天的气氛浓厚，昼短夜长，时常能感到凉意袭来。五言绝句《凉夜有怀》正是白居易对白露有感而发的作品。

清风吹枕席，白露湿衣裳。

好是相亲夜，漏迟天气凉。

"清风吹着枕席，白露打湿了衣裳。好一个可爱的秋夜，这样的夜晚正适合促膝长谈，晚来的更漏声告诉我天气已经转凉了。"

这首诗是白居易早年的作品，他想要促膝长谈的对象自然是位女性。我不禁想，现在的白露暑气还很热烈，即使晚上下了露水也会很快蒸发掉。这个先暂且不论。就这首诗来看，这是一篇在清凉惬意的氛围下思念恋人的佳作。

一入九月下旬，就到了中秋赏月的时节。之所以这么说是因为今年的中秋节赶在了阳历九月二十二日。中国自南宋起就有亲朋好友齐聚一堂设宴赏月的习俗，这一天人们在庭院中设下祭坛，并以各式水果、点心陈列其上，拜祭月亮。满月也变成了合家团圆、其乐融融的象征。到了明朝以后，吃月饼的习俗盛行起来。

今年的中秋节前两天恰逢日本的"敬老日"。这个节日是日本特有的，中国则没有。最近，关于老年人下落不明的报道很多，说起"敬老日"，总有些复杂的情绪在其中。就我个人而言，我的父母都是在高龄去世，而到了我现在这个年龄，衰老也是与我自身息息相关的问题。这种时候，最能鼓舞我的是那些在中国历史长河中老当益壮的人们。

这其中不得不提战国时期赵国名将廉颇，和后汉名将马援。廉颇在晚年的时候不受重用，但他仍然能吃一斗米，十斤肉。马援六十二岁仍然血气方刚，主动请缨，带兵鏖战，就连光武帝都感叹："真我大汉不服老

65

将军！"时代继续向前，《三国志》里的猛将赵云和黄忠也毫不逊色。蜀国名将赵云年近七十仍然活跃在战场上。诸葛亮第一次出师北伐时，在一次战争中不得已全军撤退，赵云部署周密，没有浪费一兵一卒，这也成为赵云戎马生涯最后一战。由此也能看出一个身经百战的老将军应有的底气。另一位蜀国大将黄忠在诸葛亮北伐期间已年过六十，直到他七十五岁战死沙场，他所表现出来的战斗精神都令敌人闻风丧胆。

文人中在八九十岁仍然一边过着悠闲自在的生活一边写出优秀作品的人也不胜枚举。例如明末文人张岱（1597—1689年？），明朝灭亡之后，他不愿臣服清朝，而是作为明朝的遗民消极避世，留下大量作品。他极其乐观，虽年过九十仍执杖外出，街上都没有人能认出他来，他还觉得饶有趣味。

仔细想来，这些能够超越时间的人，基本上都很乐观向上，身心忍耐力超强，无论处于什么样的境地都不会被忧愁和烦恼牵绊。我希望在我人生到达暮年之际也能像这些人一样豁达洒脱。对我来说，这么做是否属于过分努力了还值得考虑。

（2010 年）

把人生的辛劳铭刻在秋天

九月，暑气虽还未散尽，每天一早一晚还是能明显感觉到秋天的气息。中国古典文学中，自有《楚辞》以来，便不乏感叹草木枯荣伤春悲秋的作品。但是唐朝的刘禹锡一反常调，另辟蹊径，写下下面这首七言绝句《秋词》。

自古逢秋悲寂寥，我言秋日胜春朝。

晴空一鹤排云上，便引诗情到碧霄。

"自古以来，骚人墨客都悲叹秋天萧条、凄凉、空旷。我却说秋天远远胜过春天。秋日天高气爽，晴空万里。一只仙鹤推开层云直冲云霄，也激发我的诗情飞向万里晴空。"

读完此诗，我仿佛真的看到一只仙鹤穿过云层直冲云霄，这真是一首秋的赞歌！

南宋词人辛弃疾（1140—1207 年）所作《丑奴儿》也像这首诗一样，把对秋的含而不露的感情委婉蕴藉、别具一格地表现出来。作品的前四句是："少年不识愁滋味，爱上层楼。爱上层楼，为赋新词强说愁。"如下所示，后四句则表达了自己在历尽沧桑后的心态。

而今识尽愁滋味，欲说还休。

欲说还休，却道天凉好个秋。

"现在尝尽了忧愁的滋味，想说却说不出。想说却说不出，却说道：'好一个凉爽的秋天呀！'"

随着年岁增长阅历渐深，各种复杂的感情交织在心底，想说却又无从说起，只觉愁苦太多太深，语言太苍白太无力，于是，话到嘴边，只剩下了"天凉好个秋"。这首词将对世间的艰辛与光阴的流逝的感叹表现得淋漓尽致。辛弃疾生逢南北宋交际之时，一生命途多舛，他既是刚正不阿的将军，也是一位伟大的诗人。

说起时间流逝，今年的九月十九日是敬老日。父母尚在的时候，到了敬老日我就会想起《论语·里仁篇》里的那句："父母之年，不可不知也。一则以喜，一则以惧。"（父母的年纪，不可不知道，并且要常常记在心里。一方面为他们的长寿而高兴，一方面又为他们的衰老而恐惧。）心中不由生出对父母的敬意。现在，在惊讶于自己年龄的同时，我也逐渐进入为衰老恐惧的阶段，不由得感叹"时代是真的变了啊！"

今年的敬老日的前一周（九月十二日）是中秋节。我虽不能与辛弃疾相提并论，寻常如我也算经历过曲折丰富的人生。我多么希望自己在萧瑟秋风中，朗朗满月下能由衷地说上一句："好一个凉爽的秋天呀！"

（2011 年）

秉烛夜读只在秋夜

今年夏天依旧很热。就在我觉得已经热到极限的时候，九月来了，总算能感受到秋天的气氛了。

夏天令人食欲不振，只想吃点清凉的东西。秋天不一样，美味的东西很多，能让人尽情享受美食的乐趣。秋天的珍稀美味要数松茸了，只是国产松茸的价格令人咋舌。而我也只是在十年前的一次偶然的机会有幸得以品尝。那是一个秋天的傍晚，我下班后路过超市，货架上的松茸令人眼馋，再一看价格，七千五百日元①一颗，我便头也不回地走开了。第二天我再去那个超市的时候，同样的松茸只卖一千五百日元每颗，我便半信半疑买回家去。那时候母亲尚在人世，我们便做了松茸汤和烤松茸，松茸的香味至今令人念念不忘。

①1日元约等于0.06元人民币。

松茸的价格令人难以接受，但是秋刀鱼作为秋天的另一味觉之王，只要不嫌麻烦，是任何时候都能享用的。以前一到秋天，各家各户都会做烤秋刀鱼，炊烟袅袅升起，别有一番风味。而现在人们在烤架上烤秋刀鱼，几乎没有了烟，总让人觉得缺少了那么一点情趣。尽管如此，没有什么美味能比得上刚烤好的秋刀鱼蘸酱油，仿佛吃了它就能治愈酷暑下虚弱的身心，使人精神倍增。

秋夜渐长，在身心被美味治愈的同时，更令人着迷的是挑灯夜读。话虽如此，近来像年轻时那样长时间集中精力看书会觉得很累，所以我还是喜欢看自己感兴趣的书，尽情地享受阅读。

东晋诗人陶渊明（又名潜，365—427年）在自传《五柳先生传》中曾说："好读书，不求甚解；每有会意，便欣然忘食。"（他喜欢读书，不在一字一句的解释上过分深究；每当对书中的内容有所领会的时候，就会高兴得连饭也忘了吃。）可见其深谙自在读书的奥义。

古代中国读书与做学问基本上是一个意思，受科举考试的影响，精读大量书籍很有必要。十八世纪后半期，清朝末年女诗人席佩兰曾作七言绝句《夏夜示外》，表达了她对为了应对科举考试而伏案苦读的丈夫的担心。

夜深衣薄露华凝，屡欲催眠恐未应。

恰有天风解人意，窗前吹灭读书灯。

"夜渐深沉，氤氲的露气凝结成了一粒粒小露珠，屋里的寒意也越来越重了，可是，好学不倦的丈夫穿着单薄的衣衫却浑然不觉，依旧对着一灯如豆，伏案读书。屡次想催促夫君入睡，可是，又恐怕丈夫未必肯答应，这时，夏夜的风像是善解人意一般，把窗前那盏读书灯给吹灭了。"

这首诗充满了一个妻子对夏末深夜伏案读书的丈夫的关心，堪称佳作。这首诗是诗人年轻时所作，而她的丈夫一心一意准备科举考试，直到他们结婚二十九年后才高中。

这样疯狂的读书，光想想就觉得很辛苦，转眼秋意渐浓，不如随心所欲，对堆在桌子上怎么也读不完的书"不求甚解"也是不错的。

(2012 年)

十月

赏菊（出自《诗赋盟》）

风雅一时的菊花茶

秋高气爽。不冷不热的十月，适合运动会和远足等户外活动。以京都的时代祭和鞍马火把节为代表，各地祭典很多。

菊花是秋天最具代表性的花。阴历九月初九的重阳节又被称为菊花节。自古以来中国人都有在重阳节聚在一起遍插茱萸、登高远眺、饮菊花酒的习俗。

描写菊花节的古诗词也是不可胜言。这其中当然不乏抛开菊花酒赞美菊花茶的诗句。唐朝诗僧皎然（生卒年不详）所作五言绝句《九日与陆处士羽饮茶》便是这样的作品。陆处士羽即是撰有《茶经》一书的茶圣陆羽。

九日山僧院，东篱菊也黄。

俗人多泛酒，谁解助茶香。

"九月初九的寺院里，东墙边的菊花悄然开放。凡俗的世人在这天喜欢喝菊花酒，却有谁知道只有菊花入茶才能托起茶的芬芳？"

我没有喝过菊花茶，但想必它应该跟茉莉花茶一样芳香四溢、美味可口吧。读罢此诗，眼前仿佛浮现出安静的寺院里僧人与"茶圣"相对而坐的风雅场景。说到此处，不得不提的是，这首诗的第二句"东篱菊也黄"出自东晋诗人陶渊明的《饮酒二十首》其五。这首诗的前六句如下所示：

结庐在人境，而无车马喧。
问君何能尔？心远地自偏。
采菊东篱下，悠然见南山。

"居住在人世间，却没有车马的喧嚣。问我为何能如此，只要心志高远，自然就会觉得所处地方僻静了。在东篱之下采摘菊花，悠然间，那远处的南山映入眼帘。"

这首诗里所表达的那种悠然自得的心境为后世很多

诗人所憧憬。这也是一首说到菊花人们必然会想到的传世名作，自古以来在日本也是家喻户晓。

我的母亲出生在东京本所地区，六岁开始学习清元调。她在关东大地震后移居关西地区，从此以后便与清元调无缘了。但是在她去世前的两三年，关于以往的记忆再次苏醒，她每天都要听清元调名家志寿太夫的CD，并跟着哼唱。母亲去世之后，偶然机会下我发现并购买了志寿太夫的CD全集，每天清晨都要听上一首。

就在似听非听的时候，我注意到了一首叫《喜撰》的曲子。偶然听到那句："我居住在那东南方向的常磐町，那里远离尘世。"这简直就是陶渊明描绘过的那个世外桃源。我深信，不论身在何处，不论是现在还是从前，将自己置身于"人境"之中，与烦琐的世人保持距离才是最理想的状态。(2010年)

胜于诗情的食欲之秋

金秋十月，万物更迭。十月前半部分是寒露，后半部分是霜降。

中国最早的诗歌总集《诗经·秦风·蒹葭》开头两句便是："蒹葭苍苍，白露为霜。"（芦苇密密又苍苍，晶莹露水结成霜）直接表现了季节由白露向霜降的转变。

说起与霜有关的诗句，最先浮现在我脑海中的便是唐朝大诗人李白的《静夜思》。

床前明月光，疑是地上霜。
举头望明月，低头思故乡。

"明亮的月光洒在窗户纸上，好像地上泛起了一层霜。我禁不住抬起头来，看那窗外空中的一轮明月，不由得低头沉思，想起远方的家乡。"

李白于秋日夜晚抬头望月，由月光联想到"地上霜"，运用比喻、衬托的手法，表达了游子的思乡之情。

短短四句诗，写得清新朴素，明白如话。构思细致而深曲，脱口吟成浑然无迹。是一首清凉十足的佳作。

《静夜思》所描写的是诗人想象中的霜，而清朝诗人朱彝尊（1629—1709 年）所作五言绝句《霜降》则描写了霜降的真实场景。

山昏月未明，木落霜初降。

何处夜归人，一犬吠深巷。

"山间天色昏暗，月亮还没升上来，朦胧一片。眼前草木凋零，寒霜初降。狗吠深巷中，原来是有人从不知道的地方回来。"

这首诗用淡淡的语调向我们展示了一幅谁都能想象得到的萧索的秋夜归家图。

像这样描写霜和露水的诗总给人冷冰冰的感觉，让人不禁想吃点热乎乎的东西。秋意渐浓，超市的食品卖场里开始陈列出关东煮的食材。在萝卜、魔芋、鸡蛋等食材中加入自己喜欢的配料，咕嘟咕嘟地煮着吃的关东煮，是从秋天到冬天饭桌上不可缺少的料理。不仅暖和身体，而且越炖越入味，做一顿能吃上好几天。

随着时间的推移，鱼、蔬菜、水果和点心也都变成秋季的应季食物了。国产的松茸虽然还是遥不可及，但是盐烤秋刀鱼味道也不错，况且还有柑橘和栗子。

虽然现在夏天也能吃到柑橘，但是我认为秋天的柑橘才是最美味的。栗子做的点心也有很多，例如栗羊羹、栗子糕，这些都是板栗成熟季节特有的食物。我只要看到这些点心摆在点心店，就很开心。当然现在我们可以不考虑季节的问题，想吃什么随时都能吃到，但是我还是认为能吃上应季的食物才能切实感受到季节的变迁。这样说来，也许母亲长寿也跟喜欢吃应季的食物有关。

我生性爱吃，所以才能从秋天高雅的诗词中不自觉联想到美味的食物。所谓"天高马肥之秋"，说的正是秋天是满足食欲的季节。在凉爽的季节充分摄入美食，这样既能治愈夏季的疲惫，也能为即将到来的冬天储备能量。

（2011 年）

人生如秋叶

十月，天高气爽，气候宜人，是适合户外活动的季节。虽说如此，过了寒露和霜降，意味着真正的冬天要来了。

清朝顾禄（生卒年不详）所著江南苏州岁时记《清嘉录》中就有关于腌菜的记录："（一入十月）比户盐藏菘菜于缸瓮，为御冬之旨蓄，皆去其心，呼为藏菜，亦盐菜。"现在超市里虽然一年到头随处可见装在塑料袋中的腌白菜，只是在秋意渐浓的季节，为即将到来的冬天储存的腌菜，才是其原本存在的意义。苏州人还会把腌菜取下的菜心切成细丝，盐拌酒渍入瓶，倒埋灰窖，过冬不坏，想吃的时候随时可以取出来吃，俗名"春不老"。这么巧妙的"废物利用"，不知道究竟味道如何？

最近几年，受全球气温变暖的影响，赏红叶的时间也推迟了。到了十月中下旬，仿佛秋风给树叶染了色，到处一片金黄。我家阳台上，也有三棵槭树。其中有一棵槭树，不知道怎么回事，它最初是从一盆秋海棠里发的芽，尽管这样我还是精心培育了它17年。现在它已经长成了一棵躯干粗壮、枝叶茂盛的大树。不知道是不是盆栽比别的树早的缘故，这棵树的树叶从上个月末就开始发生变化。等到它的树叶全部变红，那情景非常赏心悦目，我时常驻足凝望。

说起描写枫叶的诗，唐代诗人张继（生卒年不详）的七言绝句《枫桥夜泊》算是其中一首。这首诗被收录在《唐诗选》中，所以在日本几乎家喻户晓。

月落乌啼霜满天，江枫渔火对愁眠。

姑苏城外寒山寺，夜半钟声到客船。

"月亮已落下，乌鸦啼叫，寒气满天，对着江边枫树与船上渔火，我独自傍愁而眠。姑苏（苏州）城外那寂寞清静的寒山古寺，半夜里敲响的钟声传到了我乘坐的客船。"

寒天霜夜，诗人泊船于枫桥之下，孤枕难眠之中面对江枫渔火、听着夜半钟声，更让人觉得寂寞难耐，一个客舟孤苦、愁怀难遣的游子形象跃然纸上。

同样是描写红叶的作品，唐朝大诗人白居易的五言绝句《醉中对红叶》，却别有一番情致。

临风杪秋树，对酒长年人。
醉貌如霜叶，虽红不是春。

"看着在晚秋的风中摇曳的树枝，到了人生暮年的我把酒吟唱。我的面容在喝醉过后漾着酒红，宛如在风中飘摇的霜叶一般。但即便面色再红润，也不是年轻时候的面庞了。"

这是一个回顾人生已暮年的老人一首充满黑色幽默的作品。

面对一树红叶，一杯接一杯饮酒虽是人生一大乐事，于我而言，我更喜欢一面观赏红叶，一面静静读上一本推理小说。前段时间有报道称有人在跳蚤市场买到了雷诺阿的真迹。那样的幸运是无法指望的，但如果是推理小说的绘本的话，我手边却有几本还没读过的。但愿我能在秋天漫漫长夜里悠闲地品味绘本带来的解谜乐趣。

(2012 年)

十一月

杜牧《山行》（出自《六言唐诗画谱》）

霜叶红于二月花

近年来，受全球气温变暖影响欣赏红叶的时间有所延迟，但是在十一月中下旬，树木的叶子开始有不同程度的变化，展开美丽的景象。我所居住的京都，赏红叶的地方随处可见，仅仅在我家附近的哲学道、真如堂、金戒光明寺（俗称黑谷堂）等地就能尽情领略红叶的风光。家人的墓地在黑谷堂，我时常借着散步就能去扫墓，尤其是在晴天的时候，火红的枫叶点缀在广阔的院子里，在蓝天映照下，风景无与伦比。

事实上，我家阳台上有三棵槭树，其中有一棵有很深的来历。一九九五年春，我离开了工作19年的金泽大学，来到了京都的国际日本文化研究中心，当时我住在单位分的宿舍，半年后才搬到了一所公寓里。那个时候，为了母亲精心培育的几株秋海棠，我特意从宿舍带了些土回去，可是没想到的是，从这些秋海棠的花盆里竟然发出一株槭树的芽。这之后15年间，我搬到了现在的住所。我一直精心呵护这株槭树，现在它的躯干直径已经达到五厘米左右。春天的时候枝繁叶茂，到了秋天满树都是火红的颜色。看着它随着季节的变迁，精力充沛、生命力旺盛的样子，不由得想起母亲对那活力四射的红叶的爱，感慨万千。

被红叶覆盖的壮丽景色、盆栽的红叶，各自都有着深入人心的美丽，但是说起描写红叶的诗句，我首先想到的是唐朝诗人杜牧的七言绝句《山行》。这首诗的优秀在同类诗中屈指可数。

远上寒山石径斜，白云深处有人家。

停车坐爱枫林晚，霜叶红于二月花。

"一条弯弯曲曲的小路蜿蜒伸向山顶，在白云飘浮的地方有几户人家。停下来欣赏这枫林的景色，那火红的枫叶比江南二月的花还要红。"

"霜叶红于二月花"是全诗的中心句，它巧妙地表现了枫叶的明艳动人，是一句"前无古人，后无来者"

的名句。

十一月下旬，枫叶正红的时节，日本北陆地区偶尔会有电闪雷鸣的天气。我在刚去金泽工作的第一年，第一次听到这样的雷声，被吓了一跳。八岁之前我住在富山县的高冈镇，虽然记忆有些模糊了，但是我一直认为雷电是夏天的专属。每当打雷，我总是会想到中国古老民歌《上邪》中的一节："冬雷震震，夏雨雪。天地合，乃敢与君绝。"（除非凛凛寒冬雷阵阵，除非炎炎酷暑白雪纷飞，除非天地相交聚合连接，我才敢将对你的情意抛弃！）这是多么热烈、决绝的爱的赞歌！

在古代中国，冬日惊雷意味着天地异常。但是，十里不同风，百里不同俗，在日本北部陆地冬天的雷声意味着鰤鱼开始活动，是鰤鱼要喜获丰收的前兆。鰤鱼丰收的雷声过后，下初雪的情况也很多，在金泽第一次听到冬天的雷声之后不久就会下雪。红叶上飘着细雪的奇幻景象至今仍令人难忘。不管怎么说，红叶装饰着秋冬交替的节点，可以说是自然的祭典，它有着诱人遐想的不可思议的魅力。

（2010 年）

纵然寒风呼啸　心如阳春三月

　　转眼到了十一月。虽说是年年都会经历，但一想到今年还剩下两个月了，还是忍不住惊叹时光的流逝，猛然间进入紧张情绪。并且，随着立冬、小雪等节气的临近，真正的冬天就要来了。我家阳台上的菊花、龙胆、芙蓉、金桂等也都于上月末次第开花。每天早上我都很期待，到底今天会开什么花呢？这其中龙胆是我在前年秋天买的，我虽把它们从小盆移植到大盆中，但是不知道是不是光照不足的原因，去年一整年都没有开花。于是，今年我把它移到了一个光照充足的地方。就在上月中下旬，它的枝头竟爬满了花蕾，而后依次绽放出清秀的紫色花朵。连我都被它坚韧的姿态感动了。

　　随着秋日的深入，树木的叶子都落了，地面的花草也都枯萎了。特别是树木，可以看出为了来年春天能尽早发芽，它们早早进入了准备状态。这是一个永久的轮回。人类虽然不能那样，但是有很多人即使到了老年也依然保持着年轻时候的活力。以85岁高龄辞世，现存约一万首诗作的南宋诗人陆游（1125—1209年）就是其中的代表。陆游在84岁时写过一首标题很长的七言绝句，叫《陈伯予见过喜予强健戏作》（朋友陈伯予顺道来看我，很替我的健康高兴，我于是作此戏作），诗文如下：

> 寒无毡坐甑生尘，此老年来乃尔贫。
>
> 两颊如丹君会否，胸中原自有阳春。

"天气很冷却没有毛毯可盖，锅里因为没有做饭而落满了灰尘。我就是这样一个长期处在贫困中的老年人。但是我却面色红润，像一个年轻人，你应该明白吧，我之所以会这样是因为我一直心怀年轻。"

即使穷困潦倒又能怎样呢？通过这首诗，我仿佛看到了那个坚持创作、积极乐观的陆游。

仔细想想，这种精神应该是从儒家思想创始人孔子那里继承过来的。孔子曾在《论语·述而篇》中这样说道："发愤忘食，乐以忘忧，不知老之将至。"意思是发愤用功连吃饭都忘了，快乐得把一切忧虑都忘了，连自己快要老了都不知道。可见孔子也是一个不在意自己老之将至，一直保持着活跃精神的人。顺便提一下，孔子也是一个对食物要求很高的人，他曾在《论语·乡党篇》中说过："不时，不食。"意思是不是应时的东西，不吃。

看来不吃不合时令的食物，而只吃那些当季才有的食物，是任何时候都应该遵守的饮食钢铁法则。从现在开始，京都独具风味的腌萝卜要上市了。随之登场的还有冷风风干之后再腌制的腌菜和柿子干。不过，最近倒是很少见挂着风干的柿子干了。我小时候，各家各户都会把柿子挂起来风干。我刚刚懂事的时候，吃过很多挂在屋檐下的柿子的种子。我曾因此事被母亲训斥，并被告知如果吃了柿子的种子，身体里会长出一棵柿子树。于是那段时间，我每天早起都会战战兢兢摸自己的脑袋，来确认没有长出柿子树。希望我在回忆这些令人怀念的往昔的同时，能享受着充满季节味道的时令食物，不屈服于寒风，时时心怀"阳春"。

（2011 年）

与柑橘一起"蛰伏"

　　十一月一到，气温下降。树叶变了颜色，正当我被其美丽吸引之际，树叶开始纷纷飘落。唐朝大诗人白居易的七言律诗《送王十八归山题仙游寺》中第五、六句，作为歌咏叶落季节的名句广为人知。诗曰：林间暖酒烧红叶，石上题诗扫绿苔。大意是：在林间用烧红叶暖酒而饮，扫去石头上绿苔来题字写诗。表现了诗人风雅的游乐之心。

　　风雅的情趣固然美妙，但实际上，十一月气温骤降，很容易感冒。往年我也深受其苦。去年我因听说金橘对嗓子好，就一饱口福。不知是不是橘子吃多了的缘故，我竟幸免于感冒。其实我家也有金橘树，去年秋天还结了果子。我把那些果子摘下来，用网上教的办法，和白砂糖一起煮到皮变软了吃，味道好极了。今年，这棵金橘树也结了很多橘子，不过现在橘子都还是青的。我很期待过段时间它们变黄，我又能享用砂糖煮橘子的美味了。

金橘属于柑橘科，民间常有柑橘可以预防感冒的说法。每年一到十一月，超市和水果店里就会摆满柑橘，这个时候才让人意识到冬天真的来了。中国人在十六世纪末到十七世纪初的明朝末年，对橘子的兴趣日益高涨。明朝末年的文人张岱（1597—1689年？）就是其中的代表。他自称"橘虐"以形容对橘子的热爱。他的叔叔对橘子的喜爱更是有过之而无不及。他的叔叔是个急性子的怪人，据说每年一到吃橘子的季节，就会在房间里摆满橘子，他嫌自己边剥边吃太慢，就让仆人没日没夜帮他剥橘子皮，直到仆人的手都变成黄色，满是裂口和冻疮。他们那个时代所吃的橘子与现在改良后的橘子应属不同品种，不过他们对橘子的狂热爱好实在是令人难以想象。

言归正传，说起橘子，我眼前就会浮现出小时候的冬天一边围着被炉^①取暖，一边从水果篮里拿出橘子一

①被炉是将炭火或电器等热源固定在桌下，为了不让热量散失，在木架的上面盖上一条被褥，用来温暖下半身的、日本独特的生活用品。

个一个剥着吃的场景。我本来就很宅，到了寒风肆虐的季节就更懒得出门，宁愿窝在屋子里。南宋诗人陆游的七言绝句《十一月四日风雨大作·二首》其一表达的正是我这种心情。

　　风卷江湖雨暗村，四山声作海涛翻。

　　溪柴火软蛮毡暖，我与狸奴不出门。

　　"大风从江上席卷而来，村子笼罩在一片黑暗之下。四周的山上大雨哗哗像巨浪翻滚。屋内溪柴烧的火熊熊燃烧，身上裹着毛毯别提多暖和，我和猫儿都不愿出门。"

　　陆游非常喜欢猫，他与猫有关的诗作达二十首以上。这首诗表达了诗人在冬天宁愿待在温暖的室内的心情，就连他的爱猫也登场了，十分有趣。

　　立冬、小雪过后，冬天的脚步越来越急。每天早上我都要鼓起勇气，给阳台上的盆栽浇水，直到身心变得愉悦，便回到温暖的屋中，一边吃着橘子，一边度过平静悠长的冬日时光。

（2012 年）

十二月

钟馗像（出自《中国美术全集·民间年画》）

长夜漫漫最相思

一进入十二月，这一年也快结束了。年复一年，虽然季节感淡薄，但是在准备贺卡和买齐明年的日历的过程中，不禁对时间的匆匆感到慌张。

冬至是最能把年末的气氛推向高潮的节气。众所周知，冬至日是北半球一年中昼最短夜最长的一天。日本人有在冬至这天吃南瓜，泡柚子浴的习俗。有一种说法是，冬至后要想运气上升，冬至这天就要吃日语发音尾音带"N"①的食物。因南瓜的日语发音尾音带"N"，所以人们常在这天吃南瓜。再加上，柚子香气浓郁，泡柚子浴有消除灾厄之意。至阴的冬至一过，一阳来复，阳气罩头，白昼逐渐变长。为了应对这样的天气，在

---

① "运"在日语发音尾音有"N"，所以冬至后要想红运当头，冬至这天就吃尾音带"N"的食物。

阴阳相交的冬至这天，用柚子水洗净身体，吃南瓜祈求开运，都是人们在对接下来的生活表达一种积极向往的态度。

中国古典诗词中，吟咏冬至的诗作并不少见。唐朝大诗人白居易的七言绝句《冬至夜怀湘灵》便是其中一首。

艳质无由见，寒衾不可亲。

何堪最长夜，俱作独眠人。

"你的容颜在我心中思念多年，却没办法相见，棉被冰冷得简直无法挨身。我怎能忍受得了这一年中最长的寒夜，更何况你我都是孤独失眠的人。"

由于种种原因，白居易未能如愿与初恋情人结婚。以致在他成为大诗人之后，还是会因为曾经热烈的恋爱而烦扰，于是他寄情于冬至，创作出如此难得的恋歌。出人意料，让作为旁观者的我们也忍不住嘴角上扬。

冬至过后就是圣诞节。据说圣诞节原本与庆祝冬至的活动有关，但现在给人的印象却是这一天孩子们都期待收到圣诞礼物。圣诞节一过，即使是像我这样做不来节日菜肴的人也开始手忙脚乱，准备起新年要用的东西来。最近，百货商店从十月中下旬开始就出售节日菜肴所需要的各种材料，看着这些材料我也不自觉想要做上那么几道菜。

话虽如此，我能做的种类也很有限，但鳕鱼干汤我是一定会做的。把鳕鱼放在锅里小火慢煮，再慢慢撇去浮沫，不久家里就会到处弥漫着鳕鱼的独特香气，年味也越来越浓了。

像这样一件一件做着岁末例行之事，转眼就到了除夕。说起除夕，就一定会想到北宋大文豪苏轼(1036—1101年)的五言古诗《别岁》的末尾第十五、十六句。

去去勿回顾，还君老与衰。

"岁月啊，你且前行，不要回头。只因你回头之时赠予我的只有衰老。"

又是新的一年来到了，我却没有上了年纪的感伤，把衰老寄托在过去一年，然后再同即将到来的新年一起恢复生机何尝不是一件美事。如果说冬至意味着一阳来复，那么除夕夜一过则意味着崭新的一年降临了。希望在以后漫长的岁月里，我能学会豁达、从容地接受命运的安排。

（2010 年）

一日一朵　梅花点遍暖回初

　　不知为何，从孩提时代开始，十二月给我的印象就是阴暗、冷酷的。或许是因为这一时节白昼很短，太阳落山比较早吧。冬至日将这一自然规律达到极限，因为冬至日是北半球一年中白昼最短黑夜最长的一天。以这一天为界，阳气升腾，白昼一天比一天长了起来。

　　北宋大文豪苏轼在他的七言绝句《冬日独游吉祥寺》中描写了自己在一阳来复的冬至日这天独自在牡丹胜地吉祥寺游玩的情景。

　　　　井底微阳回未回，萧萧寒雨湿枯荄。

　　　　何人更似苏夫子，不是花时肯独来。

　　"井底的阳气在回升和未回升之间隐隐蒸腾，冷雨淅淅沥沥，打湿了枯黄的草根。试问这世间能有几人如我这般，在不是牡丹盛放的季节仍然来这吉祥寺单独游玩的？"

这首诗用轻松的语调，写出了作者强烈期待花期来临的心情。

在十七世纪前半叶的明朝末年，记录北京风俗民情及民间活动的《帝京景物略》一书（刘侗、于奕正著）记载了北京人自冬至日开始绘"九九消寒图"等一系列的活动。"九九"指的是冬至以后的九九八十一天寒冷持续，"消寒图"则是说自冬至日起，画一枝有八十一朵花的素梅，以后每天为其中一朵涂上颜色，又叫"画九"。这样八十一天过后，所有的梅花都涂满了颜色，也就意味着春光烂漫、百花盛开的季节就要来了。通过这种方式，把人们一边忍受严寒一边翘首期盼春天来临的心情具象化，实在是一种既风雅又有趣的习俗。

"九九消寒图"之所以以梅花为素材，意味颇深。大概是因为，梅花总是凌寒独自开放吧。我家的阳台上也是一年四季无论何时都有花儿开放，或者说我只是为了看它们结满丰满的果实（尤其是红色的果实）才把它们摆满阳台的吧。因此，几乎所有的花木都遵循季节，早早安排好了叶芽和花芽。尤其是早春开放的蜡梅，更是早早结上丰满的花蕾，光是注视着这些花就能让人心情变得舒畅。

话虽如此，冬至一过，就不能一味沉迷于花木了，也该正式进入年末准备的忙碌中了。我的父亲是明治年间生人，对于家务事一向甩手不管。在我小的时候，由于我们家是大家庭，就算是年末的家庭大扫除我和父亲也不会参加。我们会利用白天的时间去看电影或者做些别的什么事情，优哉游哉地度过这一天。

现在这种情况早已一去不复返，所有的一切都必须由我亲力亲为。在我总算把手头的工作做完的时候，时节也到了年末。接下来就是和老伴一起打扫卫生，买新年用的东西，抽空写贺年卡。在一阵忙乱之后好不容易迎来了除夕，又要着手准备年末惯例的节日菜肴。在我一边回忆着母亲的制作步骤，一边煮着鳕鱼干再炖些蔬菜的同时，我的心渐渐平静下来，也慢慢体会到过年的感觉。可以说非常心满意足了。希望今年也能首先尽可能妥善处理好年末诸事，然后沉浸在这一心满意足的瞬间，以平静的心情迎接即将到来的新年。

（2011 年）

辞旧迎新

十一月末，从京都南座剧院的歌舞伎剧组全体登台的演出看板挂起开始，腊月的气氛越来越浓重了。演出看板，众所周知，就是用独特的勘亭流体书写着歌舞伎演员名字的看板。我虽然对歌舞伎表演没有特别的爱好，也没有去看的习惯，但是看到那些演出看板整整齐齐排在一起的景象，不知为什么，还是很兴奋。

这之后大约半个月，就到了十二月十三日的"年底大扫除"。本来这一天是为了准备新年期间的年糕汤要去山上取柴的，现在却因为祇园等花柳界的一系列活动被人熟知。每年到了这一天，电视新闻中总能看到盛装打扮的艺伎和歌舞伎演员们在各个茶馆给老师们拜年的身姿。虽说同处京都，由于我家离繁华的商业街较远，这些场面也只是远远在电视新闻中看到。即便如此，想到这一年终究还是结束了，心中不免涌出一丝慌张。

古代的中国到了年末，各地也会举行各式各样的庆祝活动。清朝顾禄所著江南苏州岁时记《清嘉录》十二月卷中就记载有"跳钟馗"这一有趣活动。一入十二月，人们便会身着破烂的盔甲假扮钟馗，沿街跳舞驱鬼。这一活动会一直持续到除夕。

传说钟馗本是七世纪初唐朝初年的人，因科举失败而自杀，感念于唐朝皇帝对其的厚葬而成为唐朝驱鬼辟邪的守护神。到了十七世纪的明末清初，钟馗在民间广受祭拜。每年到了阴历五月初五端午节，家家户户都会挂起钟馗的画像，用以驱魔辟邪，保佑平安。在苏州，因为老百姓相信他可以帮助人们驱除一年的邪气，所以到了清朝年间，人们不仅仅是端午节挂钟馗，就连十二月钟馗也会登场。他俨然已经成为人们心中一个法力高强的神明。

闲话休提，最近倒是很少见到新年期间穿和服的女性。过去就算再忙，到了年末很多女性也会抽空去一趟美容院，做一个与自己的新年盛装相衬的新发型。南宋诗人刘克庄（1187—1269 年）的七言律诗《岁晚书事十首》之二就描写了新年将近，匆忙打扮慌了手脚的女性形象。

日日抄书懒出门，小窗弄笔到黄昏。

丫头婢子忙匀粉，不管先生砚水浑。

"我一心扑在学习上，懒于出门。对窗奋笔疾书，不知不觉天已黄昏。时值年下，丫头们都忙着涂脂抹粉，就连我砚台的水浑了都没人发现。"

这首诗用诙谐的语调，通过一心一意严谨求学的主人和想过新年心不在焉的仆人在岁末之时两种截然不同的反应的对比，表达一种欢乐的气氛。

一到了年底就有做不完的事情，既有要赶快结束的工作，又想要按照惯例做点节日料理。每到这个时候我都手忙脚乱准备一通，等到了元旦已经筋疲力尽了，哪里还有闲心打扮自己呢？更何况，十二月的冬至、大雪等节气接踵而至，天气一天比一天寒冷，就使得人更懒得动弹了。只有今年，从十二月十三日开始，我就好好制订了计划，只想麻利地把该做的事情都做好，不慌不忙迎接新的一年。

（2013 年）

一月

正月的烟花（出自《金瓶梅》）

正月的习俗与"文化形态"

　　人不管多大年纪，正月一到，都会感到莫名的庄严和郑重其事。

　　我出生在富山县的高冈镇，一九五二年我小学二年级结束后，全家一起搬到了京都。那时候，我们家里有明治元年（1868 年）出生的奶奶、我的父母、大哥夫妇及他们的幼子，再加上三哥和我，可以说是个"四世同堂"的大家庭。到了过年的时候，在东京的二哥也会回来，再加上别的亲戚，大家济济一堂好不热闹。

　　我们家习惯元旦^①早起用"若水"^②洗过脸后，全家一起到佛龛前参拜祖先，然后互相说"新年快乐"，并喝上一碗热腾腾的年糕汤。

---

①日本人只过阳历新年。
②元旦早晨汲取的水。传说此水可驱除一年的邪气，还可用于煮年糕、泡吉利茶、供奉年神等。

所谓"若水",其实就是自来水。但我在孩提时代对于新年第一天用"若水"洗脸的仪式，还是颇怀有虔诚之心的。至于年糕汤是按照日本北方大陆的习惯把方糕切了煮的汤。小时候的我很贪吃，有时甚至会吃跟自己年龄数相同的碗数，吃到肚子都快撑破动不了的地步才罢休。

日本新年有吃年糕的传统，而中国自古以来就有新年吃饺子的习俗。清朝末年富察敦崇所著《燕京岁时记》中有关元旦吃饺子的原文如下：

> 是日，无论贫富贵贱，皆以白面作角而食之，谓之煮饽饽，举国皆然，无不同也。（中略）富贵之家，暗以金银小锞及宝石等藏之饽饽中，以卜顺利。家人食得者，则终岁大吉。

像这样一家人聚在一起，翘首以待包有元宝的饺子究竟是哪一个，可以说是使新年欢乐的气氛更加高涨的一项活动。

而且，在古代中国，亲朋好友会在除夕夜欢聚一堂，通宵达旦宴饮游乐，欢送过去的一年（又叫守岁），然后在阵阵爆竹声中迎接新的一年。唐朝大诗人白居易在题为《三年除夜》的其中一节中描写了这样的场面。

堂上书帐前，长幼合成行。

以我年最长，次第来称觞。

孩童们喧扰的嬉戏声萦绕耳畔，人们都沉浸在岁末除夕这欢乐的夜里。而这两句的意思是：大家集于书帐前，按照长幼顺序合成行列。因为我的年龄最大，所以大家都依次举起酒杯，礼敬尊长。

这首诗让我们切实感受到一家人长幼有序欢聚一堂，悠闲自得地度过从除夕夜到大年初一这段美好时光的祥和与安宁。

现代日本很多人也会为了与家人一起跨年而选择在年末到年初的这段时间回到故乡。独自漂泊在异乡的核心家庭①的人或单身的人，一般都会回到家乡与家人团聚，并遵从各家不同的习惯一起迎接新年。这样的习惯都带有从远古祖先那里继承过来的痕迹，换句话说就是

①核心家庭是指由一对夫妇及未婚子女（无论有无血缘关系）组成的家庭。通常称"小家庭"。

"文化形态"。再往大了说就是，只有形成"形态"才有文化的传承。

就我个人而言，今年我和我爱人也是第一次两个人一起庆祝新年，如今再想要体会儿时大家庭的热闹已成奢望。虽然现在不能像小时候一样早早起床，但我一起床还是会先用"若水"洗脸，然后在家里的小佛龛前拜拜祖先，最后再仿照母亲的做法做上一碗年糕汤，就这样不知不觉间用庄严的心情迎接了新年。这也可以说是沿袭了某种文化形式了吧，念及于此，我心里也稍稍得到安慰。

（2010 年）

二十四番花信风

　　农历正月十五日的小正月前后①各地会将家中在新年期间所有的装饰摆设全部烧掉，其中包括新年装饰大门的门松、新春试笔字画等，还会因此举行"左义长"②等活动。父亲生于明治年间，他的故乡富山县高冈镇很是盛行祭火节，因而他时常愉快地向我描述祭火节的热闹场面。

　　日本的祭火节是新年的最后一次庆祝活动，而中国则略有不同。举个例子来说，清朝顾禄所著江南苏州岁时记《清嘉录》十二月卷中有关阴历十二月二十五日的"烧松盆"仪式是这样写的："（二十五夜）乡农人家各于门首架松柴成井字形齐尾，举火焚之。"这一风俗是

———————————
①指阴历正月十四至十六日。在日本，此时较多进行祈求农作物丰收的预祝活动以及占卜一年吉凶、预防灾害等活动。
②日本正月十五日前后举行的祭火节，焚烧新年装饰物的驱邪仪式。

利用火的力量引导阳气，进而唤起春天的温暖。虽说日本的"左义长"与中国的这一习俗没有直接的关联，但是在严寒之中，熊熊燃烧的火焰腾空而上或许正包含着对春天早日到来的期盼吧。

从一月初的小寒开始，中间经历大寒，再到二月初的立春，这将近一个月的时间是一年中最冷的时候。但是，冬天来了春天还会远吗？从寒气发散出来的那一瞬间开始，意味着春天正向我们走来。

在中国，花信风的传承真实反映了这一说法。花信风指的是从寒气加重的一月开始，到春天结束的四月末，约四个月的时间里带有开花音讯的风候。这四个月包含小寒、大寒、立春、雨水、惊蛰、春分、清明、谷雨八个节气。中国古代五日为一候，三候为一个节气，各节气持续十五天，每五天与一种花的花期相对应（参照书前表）。小寒以后的十五天里，每隔五天，梅、山茶、水仙相继开放。具体来说，从小寒到谷雨这八个节气里共有二十四候，每候都有某种花卉绽蕾开放，人们在其中挑选一种花期最为准确的植物为代表，这样二十四候花朵次第开放。欣赏着这些争相开放的花朵，不知不觉寒冷的冬天过去了，又到了春光烂漫的时候，这些事情光是想想就令人欣喜不已。

这里要提一下，唐朝大诗人白居易的七言绝句《春风》。在这首诗中，作者强调了梅花和春风的关联。

春风先发苑中梅，樱杏桃梨次第开。

荠花榆荚深村里，亦道春风为我来。

"春风先吹开了京城花园中的早梅，继而让樱杏桃李也竞相绽放，令人感到生机盎然。春的来临同样也给乡村送去了欢笑，春风拂过，田野里开放的荠花榆荚欢呼雀跃，欣喜地称道：'春风为我而来！'"

这首诗意在向我们展现春风过处，无论是园中名卉还是村头野花，都是一派欣欣然的景象。而梅花的花信风无疑是最早吹来的。

事实上，我也挺希望自家阳台上的花在冬天能早些开放，因此我种了蜡梅、红梅和白梅。花信风果然不会让人失望，一入小寒，蜡梅便开出黄色的小花，接下来红梅和白梅也落满枝头。一想到不久后这些五颜六色的花全部盛开的场景，我就会心醉神迷，为之倾倒。植物在寒风的侵袭下，充分储存能量，不懈地做好开花的准备。看着这样的它们，我被一种虔诚的心情包裹，并期盼新的一年我也能健康、踏实地生活。

（2011 年）

春风送暖入屠苏

不知不觉新年的脚步越来越远了。往年，从年底到除夕夜①，虽然每一天都手忙脚乱、筋疲力尽，但不可思议的是，新年一到，这些沉重的心情立刻消失殆尽，身心忽然变得舒畅轻松。北宋诗人王安石（1021—1086年）的七言绝句《元日》正是描写了那样一种新年新气象。

爆竹声中一岁除，春风送暖入屠苏。

千门万户曈曈日，总把新桃换旧符。

"爆竹声中旧的一年已经过去，迎着和暖的春风开怀畅饮屠苏酒。初升的太阳照耀着千家万户，都把旧的桃符取下换上新的桃符。"

---

① 在日本指阳历12月31日。

在热闹的爆竹声中除夕夜过去了，崭新的一年又来了。人们迎着和煦的春风，开怀畅饮，身体也变得暖烘烘的。而"桃符"则是用可以辟邪的桃木制成的符。春节一到，民间有取下旧桃符换上新桃符的习俗。

这首诗描写了春节热闹、欢乐的动人景象。但事实上，阳历新年一过，就是二十四节气的小寒，也就意味着天气逐渐寒冷起来。从小寒经大寒直到立春的前一日，是一年中最冷的时节。虽说河上结冰，屋檐下结冰柱是这一时节的常见现象，但这些现象京都最近却很少见。小时候我很喜欢滑冰，所以一到结冰的时候我就很开心。

南宋诗人杨万里（1127—1206年）的七言绝句《稚子弄冰》就描写了在寒冷的冬日早晨，玩冰的孩童无忧无虑的形象。

稚子金盆脱晓冰，彩丝穿取当银钲。

敲成玉磬穿林响，忽作玻璃碎地声。

"小孩子们早晨起来，从结成坚冰的铜盆里剜冰，用彩线穿起来当钲。他们提着银锣似的冰块在树林里边敲边跑，忽然冰锣敲碎落地，那声音就像美玉落地摔碎一样。”

作者从一个父亲的温柔视角，使一个因轻易打碎的冰锣而失望灰心的小孩子的形象跃然纸上。从中可以感受到父亲对孩子的殷殷关切，可以说是名副其实的佳句。

且说中国正月的一系列传统习俗，春节以后能把节庆的气氛推向高潮的正是阴历正月十五（日本的小正月）的元宵节。元宵节又叫灯节，这一天满城火树银花，处处张灯结彩，到了晚上街上车水马龙，到处都是赏花灯的人，好不热闹。在《水浒传》《金瓶梅》《红楼梦》等诸多文学名著中，很多故事的高潮都是在这非凡而又盛大的节日中展开的。

在日本没有庆祝元宵节的习惯，与之相对应的是，人们一定会在寒冷天气中种植结红色果实的植物。我非常乐于见到植物红色的果实，因此我家阳台上也种了相当多的结红色果实的盆栽。其中有南天竹、草珊瑚、朱砂根和毛叶石楠，等等。它们虽不及灯笼那般火红，但满树的红色果实也足以令人喜不自胜。这或许是上天安排的另一种选择。

（2013 年）

二月

"孩儿面"梅图（出自《梅花喜神谱》）

在萧条时期祈愿否极泰来

立春将近，白昼渐长。不知是不是心理作用，总觉得日光变得柔和起来。虽说"阴极阳生"是自然规律，但寒冷的底色毕竟没有那么容易褪去，总要等到对春的渴望溢出身心，立春才姗姗来迟。南宋诗人张栻（1133—1180 年）所作七言绝句《立春偶成》便是描写的这一景象。

律回岁晚冰霜少，春到人间草木知。

便觉眼前生意满，东风吹水绿参差。

"时近年终冰霜渐渐减少，春回大地草木最先知晓。眼前只觉一片生机盎然，东风吹来水面绿波荡摇。"

果真如此，到了立春时节，一直耐着严寒，不作声响地积蓄能量的草木开始焕发生机，就连我家阳台上的盆栽也都一片春意盎然。

这样一来，极其怕冷的我也恢复了精神，竟然有了想要换上针织衫的冲动。记得小时候，我是不怕冷的，数九寒天也是光脚穿着凉鞋跑来跑去，看得大人们心生寒意，直打冷战。但不知怎么回事，随着年龄的增长，我也变得畏寒起来。现在的我到了冬天不仅要穿上厚厚的衣服，连袜子都要穿好几层。对于对寒冷加倍敏感的我来说，没有什么比看到春天的花蕾爬满枝头更令人高兴的了。

我幼时曾住在东京西阵区，因此常常去附近的北野天满宫①玩。北野天满宫里种有梅林，每年一到二月二十五日这里会举行盛大的梅花庆典。可以说正是这祭典拉开了春天的序幕。

中国也是如此，二月一到，梅花便最先开放。各个梅花胜地一时游人如织，门庭若市。清朝顾禄所著江南苏州岁时记《清嘉录》二月卷中记载了人们从苏州乘船而来彻夜畅游，随处欣赏梅花的逍遥自在的样子。《清嘉录》有云："暖风入林，玄墓梅花吐蕊，迤逦至香雪

---

① 位于日本京都市上京区，供奉被认为是学问技艺之神的菅原道真及其他二神。

119

海，红英绿萼，相间万重。郡人舣舟虎山桥畔，祓被遨游，夜以继日。"这段话描写了人们从严寒中解放出来，醉心梅花的热闹场面。

中国古代以农历二月十二日为百花生日，人们把这一日叫作"花朝节"。这一天家家户户的闺中女子都会剪五彩绢布结在花枝上以祭拜花神。值得一提的是，中国古典四大名著之一《红楼梦》的女主角林黛玉的生日就是在二月十二日。这一设计仿佛是为了呼应林黛玉本是天界一株绛珠草转世且本就与花渊源颇深的人物设定。说到这里如果我把自己作为例证拿出来似乎略显难为情，不过我的确也是二月出生，而且我的生日正是在"花朝节"的前一天二月十一日。不知是否这个缘故，近年来我热衷于植物，每日悉心照料阳台上的盆栽，看着它们随着四季的变化而呈现不同的姿态，心中就不由得欢喜。

四季的轮回其实就是"一阴一阳"，也可以说是"一阳来复"。当冬日的寒冷到达了极限，也就意味着阳气会逐渐上升，转眼春和景明，鸟语花香。我也深切希望这个被黑暗气氛笼罩着的不景气的时代也能像大自然的更迭一样否极泰来。

（2010 年）

镇魂日与爱的祭典

　　每年一月，京都都会下雪。今年也有相当长的一段时间积雪很厚，天气冷到甚至不能穿着凉鞋到阳台上去。正当我不知该穿什么鞋而在家里到处搜寻时，我找到了母亲在世时常穿的防寒用橡胶长靴。看着它我的眼前不禁浮现出母亲穿着长靴元气满满的身影，心中不免多了些怀念之情。母亲的脚很小，所以她的鞋子我几乎穿不进去。于是我只好脱下袜子，硬是把脚塞进了长靴里。这样一来，我就能穿着长靴到阳台上用小铁锹清除积雪了。

　　那种寒冷是超越极限的，而且节分日①和立春也早早地过去了。中国的节分日在春节前后，现在节分日的前后一周正好是人们返乡探亲的高峰。与之相对的，现

_____

①特指立春的前一天。

代日本，立春后最盛大的庆典莫过于巧克力满天飞的二月十四日情人节。这里我要顺便说一下情人节的由来。传说在公元三世纪后半期，一个叫瓦伦丁的基督教徒违背古罗马皇帝禁止士兵结婚的命令，偷偷为士兵们举行婚礼，最后被判入狱并处以死刑。后来，人们为了纪念这个以身殉教的圣人，就将他去世的那天也就是二月十四日定为情人节。

阴历二月十四日前后是中国传统节日寒食节（寒食节为每年冬至后 105 日前后三天）。古代寒食节这天要禁烟火。情人节本就是为了安抚殉教之人的灵魂，而"寒食节"的习俗也与镇魂传说有着密切联系。

传说春秋战国时期，晋国公子重耳因王位继承问题卷入家族纷争，被迫与自己的臣子一起流亡他国十九年，直到六十二岁才得以回国成为一代君主。重耳就是春秋五霸之一的晋文公（前 636—前 628 年在位）。介子推便是一直追随晋文公的大臣之一。晋文公归国后，介子推因对文公及其臣子之间的权力斗争失望而选择归隐山林。晋文公为了逼迫介子推出山相见下令放火烧山，介子推坚决不出，最终被火焚烧而死。寒食节最初正是为了安抚清廉忠诚的介子推的灵魂而设。

正如情人节不知何时与巧克力联系在一起一样，人们一说起寒食节就会想到蹴鞠和秋千，这当然与唐代诗人王维（701—761年）的七言律诗《寒食城东即事》的第五、六句"蹴鞠屡过飞鸟上，秋千竞出垂杨里"不无关联。尤其是秋千，在寒食节荡秋千的习俗广为流传的同时，秋千也作为女子的游乐项目得以普及。在诗歌和小说中，荡着秋千的女子也频频出现。下面我要介绍的这个作品出自北宋大文豪苏轼之手。这首七言绝句《春宵》虽然没有女性角色登场，但它以秋千为意象间接描绘女性角色，名气颇高。

　　春宵一刻值千金，花有清香月有阴。
　　歌管楼台声细细，秋千院落夜沉沉。

　　"春天的夜晚，即便是极短的时间也十分珍贵。花儿散发着丝丝缕缕的清香，月光在花下投射出朦胧的阴影。楼台深处，富贵人家还在轻歌曼舞，那轻轻的歌声和管乐声还不时地弥散于醉人的夜色中。夜已经很深了，挂着秋千的庭院已是一片寂静。"
　　尽管此刻庭院里的秋千上已不见人影，但是白日里一定有美人荡着秋千，裙裾纷飞，好不畅快。这首诗正是描写了这样一种倩影摇曳的场面。

　　情人节也好，寒食节也罢，原本是为了祭奠以身殉教或殉难人的亡魂而设，但是现在仿佛是春天的恶作剧，不知何时它们竟变成了能让人心情畅快的节日。陷在一种来自遥远记忆的悲伤情绪中，我一面对于春天的这种恶作剧心驰神往，一面期盼真正的春天赶快到来。

（2011 年）

润物细无声

节分是种瓜点豆的好时候，京都有这一日吃沙丁鱼的习俗。不仅如此，人们还会用柊树枝串起沙丁鱼头悬挂在屋檐下用以驱魔。这一驱魔的习俗虽不起眼却传承至今。如果黄昏漫步在街上，为了避开突然冲过来的车辆而躲进谁家的房檐下，冷不丁地被沙丁鱼撞上脸，肯定会大吃一惊。

而且，这个季节正适合栽种柊树，所以花木店里随处可见柊树苗。我在去年节分的时候也买了一棵柊树苗，把它培植在一个大花盆里，放在阳台的东北角。之所以会把它放在阳台东北角，也是因为那个柊树可以驱魔的传说。仅仅过了一年的时间，这棵柊树就枝繁叶茂，简直让人认不出来。我因不擅长处理太肥的沙丁鱼，因此也不怎么吃它。而且看着切下来的沙丁鱼头用柊树枝串起来多少让我觉得毛骨悚然。只是，柊树叶子的顶端都是尖的，它们自带一种决绝的驱魔气质，只是看着它们我就很安心。

节分的第二日便是春分。自古以来，春天的造访总是伴随着与祝寿相关的诸多活动。中国的东汉时期（25—220年），立春这天身着青色衣服的官僚们不约而同地聚集到都城洛阳东边的郊外举行迎春活动。因为人们相信春风来自东方，春的颜色是青色。这一活动大概是为了把这两种元素结合在一起。顺便一提，夏天所属的颜色是红色，方位是南方，秋天是白色和西方，冬天是黑色和北方。"青春""朱夏""白秋"的说法正是由此而来。这些暂且不论，光是想着立春日穿着青色衣服的人们席地比肩而坐的场景，就会有春天来了的感觉。实在能令人心生雀跃。

立春后的半个月，终于迎来了二十四节气中的"雨水"。这是一个绵绵春雨滋润着万物萌芽的季节。说起歌咏春雨的名句，就不得不提唐代诗人杜牧（803—852年）的七言律诗《江南春》，在同类诗中它也是出类拔萃的。

千里莺啼绿映红，水村山郭酒旗风。

南朝四百八十寺，多少楼台烟雨中。

"江南大地鸟啼声声，绿草红花相映，水边村寨山麓城郭处处酒旗飘动。南朝遗留下的四百八十多座古寺，无数的楼台全笼罩在风烟云雨中。"

"南朝"指四世纪初到六世纪末建都南京的五个汉族王朝，分别是：东晋、刘宋、齐、梁、陈。四百八十寺通常在日语里读作：shi hya ku ha sshi nn ji[①]。

这首诗的前两句描写了江南明媚的春光，后两句是梦境还是现实呢？在一片迷蒙的烟雨中追忆已逝的王朝。现实的景象与想象的画面交相辉映，实在是美不胜收。

尽管已是立春，但春色尚浅，寒冷仍在持续，我家阳台上的梅花也在相继开放。我最近突然迷恋梅花，不知不觉阳台上多了蜡梅、白梅、红梅、垂枝梅云、龙梅等各式梅花品种。与梅花楚楚可怜、淡雅清新的风情不同，它的枝干生硬而固执、凛冽而顽强。见此情形，我也终于彻悟原来美丽的花朵想要绽放，还是需要来自枝干的能量支持的。人虽不是这样，但也需要活力满满地度过每一天。

(2012 年)

---

①这里是平假名读法。

三月

王羲之《兰亭序》

女儿节袚禊之神秘

　　三月一到，就是女儿节了。我小的时候家里人会给我制作人偶坛①，我最喜欢把第一排②的天皇人偶和天后人偶摆好后，有样学样地装饰人偶坛。成人之后，由于搬到公寓居住，受场所的限制，我再也没有装饰过一整套的女儿节人偶。尽管如此，至今为止每一年我都会在人偶坛上至少摆上一个天皇人偶和一个天后人偶作为装饰。如果我在三月三日女儿节这天不准备人偶的话，总会觉得心里空落落的。顺便说一下，日本是从江户时代开始流行女儿节装饰人偶的，在那之前的人偶都是普通人偶。人们相信把人偶放在河川里冲走，可以带走人身上原本的罪业和邪祟。

---

①女儿节摆设人偶及器具的阶梯式坛架。
②下面依次是宫女、乐队、随从、仆人等，有1阶、3阶、5阶等。

如果真的要追溯女儿节的由来的话，当然还是来自中国。不过，中国自古以来没有女儿节装饰人偶的习俗。至少在四世纪初的东晋以后，每逢阴历三月初三江南各地就有开"曲水流觞宴"①的惯例。东晋书法圣手王羲之（307—365年）的代表作《兰亭序》正是他在曲水流觞宴所作。

六世纪中期，根据南朝梁国宗懔所著《荆楚岁时记》记载，平原县徐肇在三月初生了三个女儿，可是在三天之内都死了，人们都认为这是怪事，就相携来到水边悼念，他们把酒杯放在水里任其流去，曲水的起源就出于此。日本把女儿节人偶置于河川中任水冲走的习俗好像也继承了这一遥远的传统。每逢三月初三临近，我之所以不得不进行人偶装饰祭祀，或许也与跟这天相关的根源上的神秘性有着很深的关系。

而且，到了三月很多人面临着毕业、转职、退休，可以说三月是外出旅行和离别的季节。唐朝诗人王维（701—761年）的七言绝句《送元二使安西》，正是作者送友人元二去安西（新疆维吾尔自治区）赴任时所

①阴历的三月初三人们举行祓禊仪式之后，大家坐在河渠两旁，在上流放置酒杯，酒杯顺流而下，停在谁的面前，谁就取杯饮酒赋诗，意为除去灾祸不吉。

作。是一首流传千古妇孺皆知的送别诗。

> 渭城朝雨浥轻尘，客舍青青柳色新。
> 劝君更尽一杯酒，西出阳关无故人。

"渭城（长安的西北）早晨一场春雨沾湿了轻尘，旅馆周围青青的柳树格外清新。老朋友请你再干一杯饯别酒吧，只因你一路向西出了阳关（西域与中原之间的要塞）就再也没有老朋友陪你畅饮。"

全诗以洗尽雕饰、明朗自然的语言抒发惜别之情，韵味隽永，落成之后便被人披以管弦，殷勤传唱，末句重叠三唱，被称为"阳关三叠"。

事实上，我在二〇〇九年就从工作的国际日本文化研究中心退休了，自此，35 年的职业生涯也画上了休止符。本以为最后走出研究室的那一瞬间，虽不似"阳关三叠"所咏唱那般，想想由来始末，也足以令人感慨万千。现实却大相径庭，经年累月堆积如山的破烂纸屑扔得随处都是，经过长时间的恶战苦斗，终于把它们都收拾干净，房间变得空空荡荡的时候，我也早就筋疲力尽。哪里还顾得上伤春悲秋，匆匆忙忙就把研究室的事丢在一旁了。

那之后的一年，我终于有时间冷静下来回顾那段时光，才发现退休真的是一个非常重要的人生节点，它意味着我作为一个职场人的漫长时光终于落幕。但是，终点意味着新的开始，这也正是我重新审视自己，振作精神的大好时机。每当春风吹来，我多希望自己也能像青青的柳树那般，婀娜而多姿，坚韧而柔软。

(2010 年)

桃子一样茁壮成长的少女

阳春三月，姗姗来迟。女儿节又叫桃花节，因为这一时节桃花最盛。我小时候一到女儿节总是和小伙伴们一起边吃着点心边做游戏。今年的女儿节，我约了两个中学时代的朋友来我家。我们就聚在我家那个装饰着小人偶的房间，谈天说地，叙说往日情谊。

我认识她们的时候也就十来岁，从那之后半个多世纪的时光过去了。半个世纪以前，我们还是明艳多姿的少女，而与女儿节分不开的桃花正是象征着少女。无论是日本还是中国，古往今来，有很多优美的诗歌都把桃花和少女联系在一起。

在中国，距今约两千五百年前，儒家圣人孔子主持编纂的诗歌集《诗经》中收录的《桃夭》一诗，便是最古老的例子之一。《桃夭》的第一节是这样的：

桃之夭夭，灼灼其华。

之子于归，宜室其家。

"桃树含苞满枝头，花开灿烂如云霞。姑娘就要出嫁了，夫妻和睦是一家。"

《诗经》的句式，以四言为主。这首《桃夭》使用"夭夭""灼灼"等叠字，把身心茁壮成长的少女比作桃子，是一首非常清新质朴的四言诗。

再有就是，日本的天平胜宝①二年（750年）三月，大伴家持（?—785年）所做的下面这首广为人知的和歌。这首和歌是他在赴任地越中（译者注：日本旧国名之一，今日本富山县全境，古名越路中）（我出生的地方）目睹了桃花的美丽后所作，现在收录在《万叶集》中。

春日桃花红艳艳，有女痴立花蹊侧。

"明艳动人的桃花与天真无邪的少女互相辉映，形成一幅和谐的画面，实在是一首美好的和歌。"

---

① 日本奈良时代的年号。

然而作为少女的象征是一方面，另一方面，中国自古以来就有桃木可以辟邪，桃子象征长生不老等带有神秘色彩的说法。中国古典文学名著《西游记》中就有描写作为天庭蟠桃园的看守孙悟空在得知吃了蟠桃可以长生不老之后，在蟠桃园大吃特吃的场面。这无疑是根据与桃子有关的神秘传说而写的。而《三国演义》中，刘备、关羽、张飞举酒结义、对天盟誓的地方也是在一处桃花绚烂的园林里。这就是有名的"桃园三结义"。

　　被认为是少女的象征的桃花固然很有魅力，但是在远离少女时代的我看来，围绕桃子展开的长生不老的神秘传说，也同样令人心动。

　　转眼已经退休两年了，我也渐渐习惯了没有工作的日子，有了自己的生活节奏。每一天，我都是从晨起去阳台浇花开始的。随着春天的到访，穿越严寒的百花舒展呼吸，并迅速在春风中鼓起花蕾。每日目睹此情此景的我，在感叹植物身上所发散的强韧的生命力的同时，也体会到一种妙不可言的幸福。因此，虽然不能祈求向孙悟空那样长生不老，但眼下我正在向常去的那家花木店的年轻女店长求购一盆长势良好的桃树。

（2011 年）

三月桃花枝上俏

今年的雪虽然多，京都却几乎没有下雪。终究到了二月下旬，有一天晚上积雪竟达二十厘米深，早起面对银装素裹的世界只有目瞪口呆的份儿。春天的天气反复无常，乍暖还寒，总要到了三月，过了女儿节和惊蛰节气，春天才会露出她的真面目。

这里顺便提一句，《礼记》月令篇中关于惊蛰是这样说的：东风解冻，蛰虫始振，鱼上冰，獭祭鱼[1]，鸿雁来。（这个时节，东风化解了寒冷，冬眠的动物开始活动，鱼儿游到冰面上，水獭把捕来的鱼陈列在水边，鸿雁从南方飞回）这一时节，东风一过，虫鱼鸟兽恢复生机，开始活动起来。闻此言，属于春天的欢欣不断涌出，我的心情也跟着舒畅起来。

---

[1]獭常捕鱼陈列水边，如同陈列供品祭祀。因此叫獭祭。

由中国传承下来的花信风（参照文前表）来看，惊蛰节气开的花正是桃花。以桃花为主题的诗篇数不胜数，唐朝诗人李白（701—762年）的七言绝句《山中问答》，是其中一首充满神秘气息的佳作。

问余何意栖碧山，笑而不答心自闲。

桃花流水窅然去，别有天地非人间。

"有人疑惑不解地问我，为何幽居碧山？我只笑而不答，心里却一片轻松坦然。桃花飘落溪水，随之远远流去。此处别有天地，真如仙境一般。"

这首诗歌咏了深山里在那盛开着桃花的地方的隐居生活，静谧与华丽浑然一体，保持了李白明朗豪放的风格。

很显然，这首诗引用了东晋诗人陶渊明（365—427年）的《桃花源记》的意境。《桃花源记》主要讲了一个渔人顺着溪水行船，忽然遇到一片桃花林，渔人对此感到十分诧异，继续往前行船，想走到林子的尽头。这时便出现一座山，山上有个小洞口，洞里仿佛有点光亮。于是他下了船，从洞口进去了。到了之后才发现那里的人已经与世隔绝五百年了，他们都过着安稳平静、怡然自得的生活。这是一个理想国的故事。

实际上，我家阳台上也终于有了桃树。像梅、桃、樱这种躯干高大的树木到底要不要种在花盆里，我最初很是犹豫，奈何我经不住它们的诱惑，最终还是决定把它们种在花盆里。这些树一旦开了花，只需一盆就能令人心醉神迷。陶渊明和李白深受万千桃林盛放的触动，描绘出一个世外桃源，诚然，我也深陷其中，渐渐产生了共鸣。

二十四节气中，惊蛰过后，便是春分，也即是"彼岸"①的中间一天。一说起彼岸，必不可少要提到从前各家各户都会做的一样食物——萩饼。我本来是不会做萩饼的，但是每年一到了这个时节就没有来由地十分想吃上那么一口。不光是萩饼，三月一到，莺饼和艾糕这些和春天萌芽的新绿有关的和式点心就会层出不穷。中文中有一个形容春天的草木和绿叶的词，叫"嫩"，突出了它们的灵动和柔软。阳春三月，万物复苏，草木萌芽，桃花盛开，这真是一个美好的季节。在欣赏着美丽

①彼岸指春分周，秋分周，以春分日、秋分日为中间日的各七天。

138

的花朵，品尝着春日的点心，品味着稳稳的幸福的同时，身心也得到了放松，这不正是我恢复生命原始的单纯和柔软的绝佳机会吗？

（2012 年）

第二部

往昔今朝　记身边事

母亲生前最爱的槭树（2011年11月拍摄）。这棵槭树是从秋海棠的盆里旁生出来的，我把它移植出来已经十八年了，如今已经有一米七高，一米一宽了，枝干的直径达五厘米。

惟酒无量

如今的百货店和超市从元旦开始全年营业，街上也很少见到盛装打扮的女性了，但是新年的三天却是特别限定快乐的日子。尤其是元旦这天本应和往常一样，可空气却格外新鲜，就连自来水管里的水也变成了"若水"，给人虔诚的感觉。

每当此时，我就会想起我那酷爱饮酒的父亲总是在新年那三天的一大早就以节菜为下酒菜，高兴地喝酒的样子。即使是现在，一到了这段时间，白日里放开饮酒的家庭也不在少数。

儒家创始人孔子是个对饮食很讲究的人，从食材的选择到烹饪的方法，从荤素搭配到食物装盘，事无巨细，无微不至。正如他所说："肉虽多，不使胜食气。"（吃饭的时候，肉虽多，不要吃得超过主食。《论语·乡党篇》）以及"惟酒无量，不及乱"。（只有喝酒是没有标准的，但是不要达到丧失理智的地步）由此可见，孔子是真正的大丈夫，他的酒品很好，无论喝多少酒都没有在酒后做出出格的事情。

现在也有很多爱喝酒的人把"惟酒无量，不及乱"解读为"惟酒无量，不得不乱"，意思是喝酒是一件无法控制的事情，至于喝酒后会做出什么出格的事情那也是不得已而为之。近来，就算是过年期间也很少见到喝得酩酊大醉的人了。在现在这样一个汽车社会，我多少还是有些怀念父亲那个时代，即使是过年期间我也希望能多一些像我父亲一样单纯的、对社会不会造成伤害的爱酒人。

（2012 年 1 月 4 日）

关于地图

　　我们家有一张大正十二年（1923 年）三月发行的《东京市全图》，可以说是相当古老的地图了。这是日本关东大地震发生半年前发行的。这张地图是我爱人很久之前在金泽的一家古书店里偶然发现的，于是就买了回来，一直珍藏在我家。

　　母亲于二〇〇九年春以 95 岁高龄离开人世。她出生于大正三年的东京下町本所区，十岁之前她一直生活在那里。她十岁时受日本关东大地震的影响，移居关西。对母亲来说，地震前的本所是一个会发光的梦幻般的地方，我小的时候经常听她那么说。因为听得太多，不知不觉间那个对我来说未知的本所，以及住在那里的人们，也变得熟悉起来。母亲对本所的怀念随着年岁的增长日益变深，在她一生最后的时光那些对本所的记忆

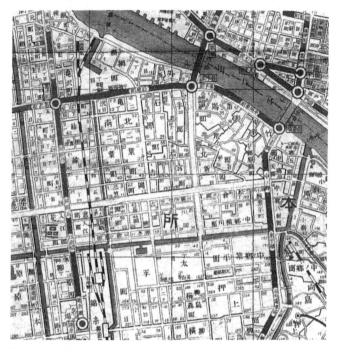

《东京市全图》 大正十二年 龙王堂出版社发行

全部苏醒，往日种种仿佛就在昨天，她曾一度以沉浸在记忆的世界里为乐。

　　出生在京都富山县高冈镇的我当然无缘见到母亲口中所说的浅草、吾妻桥、厩桥、回向院等地方，但是当我展开《东京市全图》一一确认这些地方的时候，不可思议的是母亲口述过的往事历历在目。也许古老的地图中藏着唤醒过去的记忆、让昨日重现的力量。

中国从遥远的古代就开始绘制地图，而且这些地图还会被以各种各样的形式加以利用。据《三国志》记载，当刘备终于三顾茅庐见到诸葛亮以后，诸葛亮一面拿出蜀地（今中国四川省）的地图，一面纵谈天下三分的形势。刘备闻言醍醐灌顶，对于将来的战略构想心中有了把握。诉诸视觉形象的地图，不仅拥有再现过去的能力，还应该拥有展望未来、暗示前景的力量吧。

（1月11日）

后生可畏

　　一月的第二个星期一是成人节，就在最近几天。成人节起源于中国古代的"冠礼"，即指男子二十岁时举行的一种加冠礼仪。随着年岁渐长我渐渐意识到，我与那些二十岁的年轻人之间岂止隔着一条无法逾越的鸿沟，他们简直变得非常令人难以想象。因而我时常想到一些告诫自己的话。

　　那就是孔子所说的"后生可畏，焉知来者之不如今也。"（《论语·子罕篇》）"后生"指的是后出生的人即年轻人、后辈，"来者"指未来的年青人，这整句话的意思就是：年青人是值得敬畏的，怎么就知道年青一代不如我们呢？在孔子的众多优秀弟子中，有很多人的年龄比孔子小三十岁甚至四十岁，步入晚年的孔子也像他自己说出的话一样，不仅对自己的弟子寄予很高的期望，而且把自己毕生的哲学和学问的真谛倾囊相授。

　　说起"后生"，我想到最近我家附近倒是增开了不少风格独特的店铺。其中一家是一位年轻女性经营的花木店。我因为很喜欢摆弄花草，因此经常光顾此处。这家花木店与别的花木店不同，店主会在不同的季节摆出与之相应的很多在别家看不到的珍贵的花木，时常会勾起我的购买欲望。最近我又无意中发现，在这家花木店的旁边新开了一家饭团店，店主是个年轻小伙子。每天店主都会蒸上一锅热气腾腾的米饭，根据顾客的要求现场制作饭团，味道好极了。此外，附近还新开了一家专门提供外带的法国料理店，店主是个年轻的女性。

　　虽然这几家店都是那种无论何时只有店主一人在忙里忙外的小店，但是各种各样只有年轻人才有的新点子层出不穷。这样一来，在感慨"后生可畏"的同时，最近我也时常以能频繁光顾这些小店为乐。

（1月18日）

关于钟表

由于我的父母都很喜欢钟表，所以我家里有十几个钟表，有可以挂在墙上的，也有可以摆在桌子上的。不知是不是遗传的原因，我也很喜欢钟表，尤其喜欢机械怀表和手表。话虽如此，最近好像机械手表变成了奢侈品，没那么容易入手了。

顺便提一下，时钟是在明末（十六世纪末到十七世纪前半期）由传教士传入中国，到了清朝中期（十八世纪），时钟在高级官员和富人中盛行一时。只是，当时的时钟很容易走不准，需要有人经常调校。清代著名史学家、文学家赵翼（1727—1814年）曾在他的随笔《檐曝杂记》中写到了这一有趣的事情，原文如下：朝臣中有钟表者，转误期会；不误者皆无钟表者也。意思就是，朝臣中经常迟到的人反而是家里有时钟的人，而家里没有时钟的人却不会迟到。就像当初刚刚开始用电脑处理文件的时候，由于当时不熟悉电脑复杂的操作程序而错误百出，造成事务停滞不前的状况时有发生。

言归正传，时钟最怕突然故障，不能走了。最近镇上的修表店也越来越少了，很是困扰我。不过还好，我所信赖的那个颇具匠人精神的修表工应该会一直都在。我经常光顾的那家钟表店的店主信奉"没有修不好的表"的原则，无论我拿出多么古老的时钟，他都能帮我找出毛病，并且修好。每当看到停了的时钟的发条又重新转动起来，并准确地刻画时间的时候，他总是高兴得手舞足蹈。我想这就是匠人精神吧。我跟他虽然术业有专攻，但还是对他的这种精神佩服得五体投地。

（1 月 25 日）

劳逸结合

当我全神贯注于工作的时候，疲劳也会相应累积起来，心情就会变得郁闷。这个时候就要学会劳逸结合。就我个人而言，只要骑自行车身体就能得到放松，当然最好的办法还是读上一本有意思的书。

佛文化研究者桑原武夫曾在文章中写道，有时候一连数日，所有的闲暇时间都用来反复读那本从小就爱看的，由一对日本僧侣兄弟以"湖南文山"为笔名所译的《通俗三国志》（初版为元禄二年①即 1689 年），很是心满意足。

我虽无福拥有这种极品书，但我的书桌上时常摆着几本推理小说，读到趣味之处也很能开心一番。以前，我每到睡前是必须要读书的，用以放松心情，现在我的

①元禄是日本的年号，从 1688 年至 1703 年，相当于中国的清朝康熙年间。

视力大不如前，就没办法躺着看书了。没有办法，每次去书店，看到推理小说都觉得过几天应该会很想看，于是就会买来囤着。因此，每当我需要转换心情，犹豫是选古典书籍还是现代书籍的时候，光是看着书架上的那些书心情就会好起来。

我读得最多的还是欧美译著。当然，中国自古以来也是存在推理小说的。其中比较杰出的代表作是十六世纪后半期至十七世纪前半期（明朝末年）刊行的《包公案》。《包公案》讲述了清官包公破除疑难案件、追查真凶的故事，是一本有关包公故事的短篇小说集，也是消遣文学的典型代表。可见无论古今东西，推理小说都是可以让人卸下疲惫、放松身心、转换心情的一种有效手段。

为了缓和人与人之间的过度紧张情绪，我的方法是读推理小说，让自己恢复元气活力满满。转换心情的方法是不是也因人而异呢？我想这是不言而喻的。

（2月1日）

春天的预兆

　　立春一过，在日历上已经是春天了。我家阳台上的盆栽里，以白梅和红梅为首，各式梅花竞相开放。其中有色泽嫩黄的蜡梅和无数白色花朵点缀在屈曲的躯干上的云龙梅，它们凌寒开放，馥郁芬芳。光是看着它们，我的心情就能灿烂起来。

　　中国自唐代以来，世人多爱雍容华贵的牡丹，但是品格高洁的梅自古以来在人们心目中从来都是无可匹敌的。梅花就是这样，清冷中带着决绝，寒风中暗香浮动，优雅又不失风情，可见它在中国持续受到欢迎是理所应当的。

　　春寒料峭之际，即使早开的梅花已经开放，别的花草树木也都没有开始萌芽。唐朝诗人韩愈（768—824年）的七言绝句《早春呈水部张十八员外》正是描写了早春时节的景象。"天街小雨润如酥，草色遥看近却无。最是一年春好处，绝胜烟柳满皇都。"诗的大意是：长安街上细密的春雨润滑如酥，远望草色依稀连成一片，近看时却显得稀疏。早春的小雨和草色是一年春光中最美的东西，远远超过了烟柳满城的衰落的晚春景色。

刚刚冒出头的春草，矮小且稀疏，远远望去朦朦胧胧，像是一片淡绿色的草原。这是一首充满诗情画意的唯美诗作，包含作者对即将到来且一定会来的春天的渴望。植物在撑过漫漫严冬之后，到了一定的时候又会勇敢迎接新生。人也理应如此。

（2月8日）

投桃报李

　　二月到三月，由于情人节和白色情人节^①的关系，巧克力成为男女之间互赠礼物的大热门。以物寄相思，是上千年的传统。这一点从中国最早的诗歌总集《诗经·木瓜》中可见一斑。诗曰：投我以木瓜，报之以琼琚。意思是：你将木瓜送给我，我将回报你珍贵的佩玉。

　　不管怎么说，如果送给别人的礼物不是饱含真心的，那就只能算是礼节性互赠。听说就连情人节的巧克力，如果是送给心仪已久的对象的话，也不是随随便便在街上买来就送的，而是要送亲手制作的。在十八世纪中期的清朝长篇小说《红楼梦》中，过惯了奢靡生活的贵族男男女女们在诸如生日一类的庆祝性的日子里，会

————————

① 3 月 14 日，作为情人节所得礼品的回报，男性向女性赠送礼品，日本独有的习惯。

赠送对方自己亲手做的刺绣或亲手画的画。再高价的物品，也比不上为对方着想的心意，因为毕竟那是送礼物的人花费功夫自己制作的这世界上独一无二的东西。这样的价值观也是再好不过了。

我记得小时候，刚战后[①]不久，我几乎没有在圣诞节或生日收到礼物的印象。再加上我天生笨拙，长大以后也没有手工制作过什么东西送人。不过我的母亲很是心灵手巧，她很喜欢织一些披肩、马甲送给周围的人，当然也包括我。母亲离开人世已将近三年了，目前织给我的那些东西我一直视若珍宝，时不时还会穿在身上。手工制作的礼物的真正魅力大概就在于它能给对方留下难以忘怀的记忆吧。

(2月15日)

---

①指第二次世界大战后。

《血枪富士》[①]

　　不久前，我刚刚得知日本航空公司的下一任社长植木义晴是著名演员片冈千惠藏的儿子。看到这一报道，我第一反应是他曾经在《血枪富士》中扮演一个少年。但是无论怎么想年龄都对不上，后来我通过电脑检索得知原来那个饰演少年角色的演员是植木义晴的哥哥植木基晴。在网络高度发达的时代，获取信息的便利性可想而知。尤其是像我这种喜欢浮想联翩的人，一想到什么立即上网搜索，有时反而能有意想不到的收获。

　　让我们把话题拉回《血枪富士》。我上小学的时候，家住在京都西阵区，附近有很多日本电影的首映馆，那个时候我几乎每天都去看电影。也因此我在《血

-----

① 《血枪富士》是 1955 年上映的冒险剧情电影，由内田吐梦执导，片冈千惠藏、月形龙之介等主演。

枪富士》一上映就去看了。电影讲了在得知酗酒成性的主人被五个武士斩杀之后，忠诚的仆人（片冈千惠藏饰）怒火中烧，虽不是持枪圣手，却展开疯狂报复并与那五人殊死搏斗，最终取得胜利的故事。这是一部凄惨绝伦且冲击心灵的作品。

说起中国古代为主人报仇的故事，首先让我想到的就是《史记·刺客列传》中的豫让。豫让在主人被杀之后，抱着"士为知己者死"的信念，多次为主人报仇均告失败，最终落得一个被捕之后自杀的结局。与他相比，《血枪富士》里的仆人要幸运得多。影片结局耐人寻味，达成所愿的仆人得以与一直仰慕自己的少年（植木基晴饰）一同返回故乡。

人的记忆真是不可思议。我也仅仅是由偶然看到的报道，唤醒了记忆深处半世纪以前看过的电影场面，然后孩提时代那个看着电影的自己也突然苏醒，仿佛进行了一次时光之旅。

（2月22日）

收藏家

　　今年是闰年，所以二月有 29 天。从明天开始就迈入三月了，意味着女儿节近在眼前。中国古代有阴历三月初三举行"曲水流觞宴"的习俗。书圣王羲之的代表作《兰亭序》（353 年作）正是他与友人在兰亭举行曲水流觞宴时所作。唐太宗（626—649 年在位）是王羲之书法的狂热收藏家。他曾想尽各种办法从民间收集到了失传已久的《兰亭序》真迹。得偿所愿的唐太宗，整日爱不释手，死后遗诏，将《兰亭序》"随仙驾入玄宫"，就这样《兰亭序》被永远埋在了地下。这或许就是收藏家的占有欲吧。

　　唐太宗一味搜罗王羲之真迹，可以说是凭借权力强行收藏。时至北宋（960—1127 年），由于木版印刷术的盛行，后来的收藏家们的收集方法因人而异，与之前大不相同。这其中出现了贩卖书籍的书商，相应地也出现了无论内容多么枯燥都照单全收的收藏家。无论书商的价格有多离谱，收藏家都会买，慢慢地珍藏本也就自然而然地出现了。当然也难免有鱼目混珠，见什么买什么的情况，于是人们终于在收集了无数本无用的书之后开始收集珍藏版的书。这一收集方法在信息泛滥的时代，对于想要收集到准确无误的信息的人来说，也极具参考价值。

中国近代以来的书籍收藏家大多是普通的知识分子和官僚阶级，他们中的多数节衣缩食，为收集书籍储蓄资金。对我个人而言，我觉得简装书就足够了。不过我还是会被穷极追求珍本收集的热情气势所压倒。

（2月29日）

升学考试

现在这个时间，早已过了国立大学的升学考试。遥想当年，我参加升学考试的时候，升学考试还安排在三月初。虽说是三月时节，天气仍冷得不行，甚至有小雪飞舞。连着三天考试，我都是在一间没有暖气的房间里奋笔疾书，现在想来记忆犹新。那时候，考生们都喜欢在等待考试结果期间，求神问佛。北野天满宫供奉被认为是学问技艺之神的菅原道真及其他二神。别社之称的"一言主"（正式名称为牛社）①，虽然只是一个以牛祭祀的小神社，但是它可以说是考生们祈愿考试合格的"圣地麦加"。这里也是我在参加小升初、初升高以及大学入学考试必拜的地方。简直称得上我痛苦时期的守护神。

---

① 葛城山所祭祀的神。非常灵验的言灵之神。对于求愿者的任何问题皆以一言作答而得名。

我也是最近才知道有一种叫牛筋树的植物，据说它虽是落叶树，枯叶却在新叶长出之后才会凋落，因其有"不会落第"的寓意，所以在考生中大受欢迎。正当我好奇到底是什么样的树时，偶然间在之前提到过的花木店见到此树，于是当然要买来欣赏。原来是一棵枯叶不会凋落的树啊，真是有趣。

　　若论起中国古代的考试，作为选拔官吏的重要手段之一的科举考试不容忽视。十世纪中叶的北宋时期，科举考试较之前做了一些改革，变得更加复杂，有的人穷尽一生埋头苦读，到了老年才终于考取功名，也不是什么稀奇之事。说到这里我倒是想起一个极端的例子。宋朝有个叫陈修的人，七十三岁考取功名时仍然孑然一身，于是皇帝就把一个年轻的宫女赐予他为妻。一时间人们争相用"新人若问郎年几，五十年前二十三"（若是新婚妻子问起你的年龄，你可以跟她说你五十年前二十三岁）来调侃他（出自南宋随笔《鹤林玉露》）。这真是一出黑色幽默。

　　现代日本的考试压力比之前倒是有所消减。但愿考生们的负担能早点变得轻松起来。

（3月7日）

连锁反应

　　阳春三月是离别的季节，也是为下一阶段的冲刺而做准备的季节。在这种时候每当我看到貌似刚刚参加完毕业典礼身着盛装的年轻人，总能想起唐朝诗人刘廷芝的七言古诗《代悲白头翁》中的一节：年年岁岁花相似，岁岁年年人不同。（年年岁岁繁花依旧，岁岁年年看花之人却不相同。）这句话揭示了人生易逝、宇宙永恒的客观规律，历来广为传诵。没有人永远年轻，但永远有人年轻着，想想还真是令人唏嘘。

　　说正经的，一年又一年过去了，不同的又岂止是人呢？机械类的产品不也是如此吗？截至去年春天，我搬到这里已经十年了。我家的微波炉、空调、吸尘器、洗衣机、被炉等电器性能不佳，相继罢工了。其中我最舍不得的是用了三十四年的被炉，从一九七七年开始它一直陪伴在我的左右，却在某天突然不能用了。要知道多少个日日夜夜我都伏案在这个被炉上写作，已经对它产生了浓厚的感情，而且它也算是个颇具年代感的老物件了。无奈之下，只好恋恋不舍把它丢掉，换上新的。

正在我想着应该到此为止了的时候，我家的热水器又坏了，我只好又拿出一大笔钱换新的热水器。又在我觉得差不多得了的时候，水龙头又坏掉了，我又不得不换了新的水龙头。这难道就是传说中的连锁反应集体爆发吗？因此我每天都小心翼翼，生怕什么东西再坏掉。话说回来，机械类的东西坏掉了可以换新的，人却不能。如今已经成了老古董的我只求岁月能待我好一点，让我有更多的时间流连在这人世间。

(3月14日)

关于机械

昨天是春分。我们家的墓地都在京都的黑谷堂（金戒光明寺）中，这座寺院有八百多年的历史了，有超过三万座墓地安放于此。这里是名副其实的冥界。来到这里的人都会变得达观超然，超脱凡俗。每年的盂兰盆节和春分周、秋分周的祭拜自不必说，每月的例行祭拜也是必不可少的。

言归正传，我的手指头一到冬天就容易皲裂，奇疼无比。每年这一症状要持续到春分日前后才会有所缓解。正因为我的手指头比较脆弱，而我又常常要手写大量文章，因此只要我哪天稍微用手过度，手指就会疼得令人难以入眠。所以，我在20世纪80年代中叶打字机开始普及的时候立即买了一台来代替手写，托它的福，我手上的老毛病好多了。

打字机作为记事工具是非常出色的，在很长一段时间我都对它爱不释手。但是不久后刮起了电脑风潮，打字机一度销声匿迹。于是在大概十年前，我逐渐摸索并掌握了电脑的使用方法，开始使用电脑。使用之后我发现，电脑不仅拥有打字机卓越的记事功能，还可以上网和收发电子邮件，可以说是非常便利了。

人类的记事方法由手写到使用打字机再到使用电脑在不断进步，与此同时，原稿的传递方式也发生着变化，由最初的邮寄到传真再到电子邮件。与其说我不擅长使用机器工具，倒不如说我根本对此一窍不通。即使我用打字机和电脑记事，也仍然感觉跟手写没有什么区别。但愿今后我偶尔也能一边沉浸在黑谷堂那不可思议的氛围中，一边在自己力所能及的范围内跟上潮流的发展、时代的进步。

(3月21日)

料理一话

我于二〇〇九年三月末退休，约一个月后，一直与我一同生活的母亲去世，享年95岁。随后三年过去了。面对这一人生的巨变，我刚开始还很茫然，但随着时间的流逝，我渐渐适应了新的生活方式。话虽如此，我本就不擅长周密而规范的生活，所以工作写稿子的时间、各种家务时间、放松休息的时间等，都是根据当天的情况而定的，适当混着过。

各种家务中，做饭长时间都是由母亲一手包办的，但是自她八十多岁后，这份家务自然地就由我接替了。往后十余年，从最初的用不好菜刀、择不好菜、削不了水果到现在不知不觉我好像都能做得还不错。但是，无论何时我都只会用煮、烧、炒等简单的烹饪方法做一些日常饭菜，而且只能烹饪出我和爱人两人份的晚饭，毫无进步。

我做饭的水平虽如同儿戏，但是北宋（960—1127年）年间，中国的烹饪技术取得了划时代的进步。北宋末年，天子徽宗放浪不堪，其宠臣蔡京（1047—1126年）虽然臭名昭著，但也是个颇有考究情趣之人。据说他的厨房根据料理种类分为了不同的部门，诸如"包子门"（肉包子部门），而且即便是各部门内部也都有不同的任务分担，切洋葱系就只会切洋葱，别的事情一概不知。俨然是为了配合分工严明的北宋风格。

拥有专门技术的厨师拼尽全力所做出来的料理，想必一定十分美味吧，但是对于身兼数职的普通人来说，就只能尽可能地使用新鲜的食材，做出简单而又美味的饭菜而已。

（3月28日）

出发之春

　　四月是升学、入职的季节。我上小学是很久以前的事了，当时有一位老师特别擅长写字和画画，他用五颜六色的粉笔在教室里的黑板上画了一幅新生站在盛开的樱花树下的画，还用漂亮的字写着"从今天开始做一个快乐的一年级学生"，这件事我至今记忆犹新。

　　日本的入学典礼是在樱花盛开的季节，樱花是出发的附属物。《三国演义》里，刘备、关羽、张飞"桃园三结义"的舞台便是在张飞家的桃园。在盛开的桃花之下，他们三人发誓将患难与共，投身于东汉末年的乱世之中。

　　顺便一提，现如今，刘备、关羽、张飞以及有名的军师诸葛亮在中日两国的读者中竟都出人意料地没什么人气。近日来人气最高的反而是大将赵云。赵云身手不凡，《三国演义》有言："那枪浑身上下，若舞梨花；遍体纷纷，如飘瑞雪。"他总能在濒临危机、千钧一发的生死关头爆发出强大的力量。也许正是这一点触动了生活在动荡乱世中的人们的心。

不仅如此，他年近七十仍奋斗在战争前线，在随诸葛亮第一次北伐，不得已全军撤退之时，未损一人一骑率领全军安全撤退。这是只有身经百战的老将才能做到的壮举。赵云在濒临危机、撤退之际都能大放异彩，不论是谁都会不由得想要成为这样的人，这就是赵云的魅力。我自"从今天开始做一个快乐的一年级学生"出发以来，熬过漫长的岁月，时至今日。我的人生虽和赵云的人生谈不上相似，但是以积淀下来的岁月为食粮，也能过得十分充实透彻。

(4月4日)

关于声音

人的样貌会随着年龄的增长而变化，但是声音不会。经常会有这样的情况，看电视的时候，明明觉得这个演员非常眼熟，但就是想不起来是谁，听到声音的瞬间就想起来了。话虽如此，并不是声音本身不会变，我也时常见到有歌手通过不断锻炼使嗓音变高。

我的母亲出生于东京平民区本所，自幼练习清元，也曾冬练三九——在寒风中大喊练功。因此她的声音很有穿透力，甚至三年前母亲去世后，有很多人都说感觉自己耳边还回荡着她的声音。最后那段日子，母亲最享受的就是听听清元的 CD，高唱练熟了的喜欢的曲子。因此，母亲去世后，我买了名人清元志寿太夫的全集CD（共二十一张），每天早上在母亲的照片前，不是放佛经而是放一张 CD，这已成了我的日常任务。

可是，也有未经锻炼的天生的大嗓门。提到中国的大嗓门，首屈一指的便是《三国志》里的英雄豪杰张飞。尤其是《三国演义》写成前，在说书先生的话本《三国志平话》中，"长坂坡之战"的场面十分惊人：面对曹操的三十万大军，张飞仅凭二十骁骑占据了长坂坡阵地，怒吼道"谁敢与我决一死战"。那喊声如同雷鸣般震耳欲聋，桥断成两段，令曹操军队连连后退。

不管怎么说，一发出声音就会刺激身体感觉，心情也会变得很爽快。偶尔我也想放声高歌，好好发泄一番。

（4月11日）

关于睡眠

"春眠不觉晓"，又到了沉迷于舒适睡眠的季节了。这是唐代诗人孟浩然（689—740年）的五言绝句《春晓》的开头第一句。下文是"处处闻啼鸟。夜来风雨声，花落知多少"。春宵梦酣，不知不觉已天光大亮，一觉醒来，听到的是屋外处处鸟儿的欢鸣。昨夜我在蒙眬中曾听到一阵风雨声，庭院里盛开的花儿到底被摇落了多少。诗人翻来覆去地这样想着。于是就有了这首沉醉于春色中的名诗。

我退休已满三年，最让我高兴的是可以自由支配时间、好好睡觉。回想起来，我从十五岁开始就是夜猫子，从那之后便一直处于慢性睡眠不足的状态。话虽如此，我在极短时间内就能进入熟睡状态，这样的体质为我带来很多便利，尤其是晚饭后酣睡个三十分钟左右，我就仿佛重生了一样。我的父亲在八十二岁去世，他四十几岁的时候做过一次胃溃疡手术，当时医生建议他饭后必须平躺。虽然我并不是在模仿他这种做法，但我也会在晚饭后小睡一会儿，放松的效果非常好，所以这个习惯我保留至今。

顺便一提，中国诗词里除了春天，还有以四季变迁、睡眠为主题的诗。比如，南宋诗人陆游在一首题目很长的七言绝句《夏日昼寝梦游一院阒然无人帘影满堂惟燕蹴筝》中描写了诗人于盛夏午睡时做的梦，南宋诗人刘翰（生卒年不详）在七言律诗《立秋》中描写了落叶飞舞的秋夜里的睡眠，清朝诗人罗聘（1733—1799年）在七言律诗《暖炕》中描写了严冬之际在暖炕上酣睡的喜悦，此类诗词层出不穷。

也许人可以通过睡眠来振作自己，每天都能获得新生。我也想一边读着有关睡眠的诗，一边确保自己舒适的睡眠。

（4月18日）

阳台上的小宇宙

最近两三年，我突然迷上了花草树木，每次只要一看到就会买回家，不知不觉阳台上已经摆了一百多盆了。所幸我家阳台很宽，所以考虑到花草树木的高低平衡，我也会根据季节改变配置，享受着这小小的庭院创造的快乐。我也没想到自己会这么喜欢花草树木和庭院，但是我幼年生活的富山县高冈市的家有一个很大的院子，里边栽种着各种各样的花木。也许是那遥远的记忆经过时间的冲刷再次苏醒了吧。

十六世纪后半期至十七世纪前半期的明朝末期，文人和士大夫都热衷于建造庭院。那一时期，一方面，政治形势极其混乱；但是另一方面，商业迅速发展，城市达到了空前的繁荣。在这个奇妙的不平衡的时代，士大夫阶层的意识也开始发生变化，以至于不断出现很多人按照各自的风格享受人生。在这种风潮之下庭院迷诞生了，他们对于庭院创造的热情异常高涨，废寝忘食地沉迷于此。

风光明媚的江南是明朝末期的庭院迷们的主要舞台，他们投入自己所拥有的资金，带头指挥施工，建造出水池、假山、名山、名树、名花、讲究风雅的建筑物等相搭配的庭院，创造出了独具一格的庭院世界。其中，甚至有人将名不见经传的小山全都改作名园，所以由此可知他们当时是多么热衷于此。

想来，庭院体现了创造者的世界观和宇宙观。虽说我完全比不上明末的庭院迷们，但是我也想沉浸在四季花开的丰富多彩的世界里，非"盆栽的世界"而是"阳台的宇宙"。

（4月25日）

端午节

　　时值五月，清风舒爽。今年五月初五端午节和二十四节气的立夏重合。在日本，端午节是男孩子的节日，这一天，各家各户会挂起鲤鱼旗，摆放着盔甲，以此来祈愿孩子健康成长。而事实上端午节是由中国传入日本的节日。

　　公元六世纪中期，据由南朝梁国宗懔撰写的《荆楚岁时记》记载，在阴历五月初五，战国时代楚国诗人屈原投身汨罗江自尽。因此，也衍生了在这一天竞渡（划龙舟比赛）的风俗，以此来悼念屈原的离世。屈原虽是楚国贵族，但由于其品性高洁，遭到楚王和大臣的排挤而被流放，至死未被召回。原来端午节本是为了安抚死于非命之人的灵魂而举行的节日。

　　之后，端午节又和另一个死于非命之人联系起来，那便是七世纪初的初唐因科举落第而自尽的钟馗。

钟馗为了感谢厚葬自己的皇帝，在之后不久便成为守护唐王朝的驱除邪祟之神。历史推移，在七世纪初明末清初时期，钟馗成为民间之神，端午节那日，各家各户都会将钟馗的画像挂于房间，以此辟邪除灾。即使在日本，在端午节那日摆放钟馗人偶的习俗也广为流传，这也不外乎是由中国传入的。

五月初五，人们会举行镇魂仪式，以此安抚那些不幸离世之人的不平灵魂，也有祭祀驱邪神灵等习俗。一般认为，之所以会衍生出这些习俗，是因为立夏之后天气将逐渐炎热，人们身心都易产生不适。于是，人们祈愿由威力强大的神灵来驱除伴随炎热而泛滥的邪祟，以求平安喜乐。

这些代代传承的习俗中蕴含着深层含义，我脑中环绕着如此想法，也决定吃个槲叶糕驱一下邪祟。

(5月2日)

京都群山

孔子曰："知者乐水，仁者乐山。"（《论语·雍也篇》）虽我远不及仁者，但因为我在群山环绕的京都长大，所以，我喜爱山。京都群山中，我最为喜爱的便是比叡山和爱宕山。自升入中学以来，我在京都市内的北边生活了近二十年，从那里能清楚地看到比叡山。它有着修长而优美的姿态，伴随着季节、气候和时间的变换，山表的颜色也会随之发生细小的改变，或浓或淡，或青或紫，实在令人心怡。内心平静时眺望远山，会在不知不觉间被大自然治愈，令人心情舒畅。

爱宕山在我去国际日本文化研究中心上班的路上，我常透过地铁的窗户眺望它。和比叡山完全不同，爱宕山的雄伟壮丽也令人心驰神往，仅仅是眺望着它就能深受鼓舞。

在我现在住所的阳台上，能近距离地从正对面看见如意岳的支峰——大文字山。人们普遍认为若距山近，空气会清新一些，我想我家的盆栽之所以生长得如此繁茂大概也多亏了这清新的空气吧。我自小学远足时登过大文字山，之后从未再次登上去。听说，它最近很受中老年登山者的青睐。大文字山海拔466米，这高度的确很适合轻松的山野漫步吧。

说起有关山野漫步的诗，往往会让人想起唐代诗人王维（701—761年）那首著名的五言绝句《鹿柴》："空山不见人，但闻人语响。返景入深林，复照青苔上。"如这首诗所赞颂的山一般，京都的群山并非孤绝的深山幽谷，而是能包容万象的山岳。不过，我个人来说，唯爱远眺并非足登。

（5月9日）

关于眼镜

    道家思想家列子所著的《列子》中，记载了在各个领域掌握卓越技能的名人。其中有一位百发百中的神箭手，名为纪昌。他反复进行着眼睛的训练，最终，他甚至能射中挂在头发上的虱子的心脏。其箭术难以想象。

    我虽然远不及纪昌，但以前视力很好，能轻松看清远近之物。但是，大概在二十年前，我开始看不清手边的东西了，便戴上了老花镜。最近，我连远处的东西也看不清了，便开始用远近两用或中近两用等各种各样的眼镜。

    明代中期，眼镜由西方传入中国，使用者也逐渐增加。在这一过程中，清代中期代表诗人袁枚（1716—1798年）曾做两首五言律诗：《嘲眼镜》《颂眼镜》。《嘲眼镜》是写在他刚戴上老花镜的时候，其中写道：

"眼光原自在，争仗镜为能，"（眼睛原本是我们生来而有的，为什么必须要用镜片来视物）以此发泄不满，慨叹烦琐。然而，三年后当他习惯了老花镜后，又写出了《颂眼镜》，其中道："今生留盼处，敢不与君同。"（今后我视物时，必与你同在）大改之前态度，开始称赞眼镜的方便，实在是有趣。

现在，我有五副新旧眼镜，分别是读书专用的，看电脑专用的，看电视专用的，家务专用的，外出专用的。这样做的话，就如《颂眼镜》第一句"老眼忽还童"写的一般能看得非常清晰，所以暂时就这么做吧。

（5月16日）

花嫁^①寄语

欧美喜六月花嫁,但在日本,气候适宜的春秋才是举行婚礼的季节。中国古代诗歌总集《诗经》中有一诗《桃夭》称赞将要出嫁的少女,写道:"桃之夭夭,灼灼其华",(桃树朝气蓬勃,桃花鲜艳欲滴)以此诗为代表,中国古典诗歌中有很多歌咏新娘的诗。

其中唐代诗人王建(生卒年不详)的五言绝句《新嫁娘》中非常有趣地写道:"三日入厨下,洗手作羹汤。未谙姑食性,先遣小姑尝。"(新婚三天来到厨房,洗手亲自来做羹汤。不知婆婆什么口味,做好先让小姑品尝)生动描写出了新婚女子的感受。诗中女子努力地想要融入夫家,不知世故又惹人怜爱。

即使融入夫家,婆媳关系和谐,但分别总会到来。

①即新娘。

清代女诗人廖云锦（生卒年不详）的七言绝句《哭姑》中写道："禁寒惜暖十余春，往事回头倍伤神。几度登楼亲视膳，揭开帷幕已无人。"表达了自己与婆婆天人永隔之后的怅然若失。

最后一句"揭开帷幕已无人"，这一佳句描绘了诗人失去善良的婆婆后的沉重悲伤之情。

我也是在母亲离世后，读到廖云锦的诗才切身感受到那份痛苦。母亲去世后的三年多的时间里，失去母亲的那种深切的孤独感才有所缓解，时至今日，我时时刻刻都能感觉到母亲的存在。从孤独走向存在，时间的流逝大概在以这种形式温和地治愈着我的孤独感。

（5月23日）

追忆城市漫步

我生活在京都四十一年有余。这期间，我搬了很多次家。一九五六年，升入中学的同时，我从自小学二年级便开始居住的西阵，搬到了贺茂川上流的住宅区，一直在此居住到我赴任金泽大学为止，一九七六年春再次搬离此处。一九九五年春，我回到京都，住进了西阵的一处公寓，几年后，又再次搬家，终于落脚到我现在的住所。我虽不是搬家狂魔，搬家的频率却也很高。

不过，多亏了多次的搬家体验，我成了京都市内各个地区的地区通，但凡有空，我就会去曾经居住的地方到处走走，就仿佛进行了一次短暂的旅行。例如，我走在曾经的小学上学路上，会想着应该有同级生住在这里，而当无意中看到旧的门牌，我就会确定这一想法。就像穿越到半世纪以前，令人不可思议。

至今为止，我所居住的一带都有大型商业街。现在故地重游的话，有很多依旧营业的商店，但也有很多店关了。一想到它们昔日的繁华，我内心总感觉到寂寞。

顺便一提，唐代诗人贺知章（659—744 年）的七言绝句《回乡偶书》中写道："少小离家老人回，乡音无改鬓毛衰。儿童相见不相识，笑问客从何处来。"感慨少时离乡，八十六岁时返回故乡的情景。

诗中"我的乡音虽未改变，但鬓角的毛发却已经疏落"，有趣地描写出了自己如浦岛太郎一般的经历。

我不太爱出门，所以很少出去旅行。但是，对我来说稍稍抱着如浦岛太郎①一般的心情，漫步在街角，追寻曾经的回忆，也是难以舍弃的妙趣。

（5 月 30 日）

---

①古代传说中人物。

美为何物

《荀子·君道篇》中有"楚王好细腰，宫中多饿死"的典故。战国时期，楚庄王（又称灵王）痴迷于女性纤细的腰身，于是宫中女子竞相减肥，相继出现了许多因此而饿死的人。这个典故经常用来举例，指那些为了迎合统治者的喜好而阿谀奉承的人。在当今日本，不少年轻女性也为了迎合以瘦为美的时代潮流，断然采取一些过激的减肥行为。

在过去的中国，随着时代的变迁，判断美女的标准也发生了改变。以瘦为美的代表是汉成帝（前33—前7年在位）的宫女（后来成为皇后）赵飞燕。赵飞燕身材极为纤细，相传她曾在水晶盘上起舞。此外，以胖为美的代表是白居易的《长恨歌》中描写的唐玄宗的宠妃——杨贵妃（719—756年）。李白曾在《清平调词三首》（其一）中写道："云想衣裳花想容。"意思是：看到天上的云朵就联想到美丽的衣裳，看到牡丹花就联想到你姣好的面容。正如诗词中歌咏的那样，杨贵妃是以牡丹相喻的闭月羞花的华丽美人。

这两种美人形象在清代中期的长篇小说《红楼梦》中也能找到相应的典型性形象。其中，女主人公林黛玉是赵飞燕型，天真烂漫、楚楚动人。与之对应，薛宝钗则是杨贵妃型，端庄秀美、丰盈多姿。

说到这里顺便提一句，我家今年有三盆牡丹花盛开，其艳丽的花容令我深受感动。但是，当我看到荚蒾和毛叶石楠的枝头上开满的白色小花，又觉得清秀的花朵照样可以打动我的心灵。美有各种各样的形式，若是人缺乏柔软细腻的感知力，则无法领略各种美的魅力。我愿一边欣赏着千姿百态的花朵，一边享受着其日复一日带给人心灵的喜悦。

（6月6日）

关于名字

在日本，对于夫妻双方不同姓的反抗似乎根深蒂固，而中国自古以来，与其说夫妻双方本身就不同姓，倒不如说对于名字十分讲究。从周王朝到二十世纪初的清末，在中国大约三千年的历史长河中，直呼他人及他人的先祖的本名，即"讳"，被当作一种侵犯他人的行为，或者说是一种禁忌。因此，一般不使用"讳"，而使用"字"来称呼一个人。

对于"讳"的禁忌十分严格，称呼人的时候不能用本名，这自不必说，就连说出或写出这个字都应有所顾忌或周全地避开。因此，屡屡出现令人头疼的事情，围绕这项禁忌也发生过不胜枚举的逸闻。其中饶有趣味的要数五代乱世中，破天荒地辅佐了五个王朝的十一位皇帝的大政治家——冯道（882—954 年）的故事。

某天，冯道的食客们在学习《老子》时，一开始就遇到了麻烦。这是因为《老子》的开头语——"道可道，非常道"中含有宰相冯道的"讳"，所以这个字不能读出来。苦思冥想之后，食客们将"道"改读成了"不敢说"，即"不可说"。最终导致，　连串的"不可说"连在一起让人完全不知所云，成了一段玩笑话。

　　说起名字，让我想起了照顾我那年逾九十的母亲的人们，他们一定会用她的名字称呼她，我的母亲也会打起精神回答他们。对于"讳"的禁忌有赞同的声音，也有反对的声音。有关于此的争论也只是表达方式的不同而已。这会让我真切地感受到，名字果不其然是一个人存在的象征。

（6 月 13 日）

百货店的屋顶

　　说起百货店的屋顶，那里曾是孩子们的游乐园。小时候，我常和父母去百货店，在大食堂吃罢午饭后，便会去游乐园乘坐游乐设施，玩各种各样的游戏，十分开心。

　　长大之后，我虽然经常去百货店，却从未去过屋顶。但是，前几天我为了打发时间，突然想去一趟几十年不曾登过的屋顶，但是眼前的景象让我不由得怀疑自己的眼睛。游乐场已经没了踪影，而是开了一家园艺店，摆着数百盆花木。旁边铺了一层人工草坪，为这里增添了一丝绿意，屋顶的那头设了几把长椅，男女老少都坐在那里休息，也有人正在阅读文库本。我很喜欢花花草草，便围绕着园艺店细心观看，最终没忍住买了一盆，我抱着这盆花坐在了长椅上，沐浴着清爽的微风，内心十分惬意。

　　百货店屋顶上的这种变化或许也是受到了少子化的影响吧。中国古典文学中描述孩子的作品很罕见，但是在距今数百年前编撰而成的《世说新语》中，有好几个讲述头脑聪颖的孩子的故事。例如，有一则劝诫类型的故事，讲的是有个人对儿子说："我很羡慕你，因为你有一个聪明的儿子。"其儿子的儿子，即孙子说道："爷爷，父亲不能戏弄儿子哦。"

　　曾经儿童嬉戏声热闹非凡的游乐场，现在却成了大人们安静休闲的场所。没想到这种空间还可以如此利用，我在感受到时代变迁的同时，也沉浸在了满满的震惊之中。

（6 月 20 日）

一张老照片

　　我家有一张黑白照片。照片上有一位十岁左右的可爱少女。那正是于二〇〇九年四月以95岁高龄驾鹤西去的我的母亲。当时是清元调的彩排环节，她穿着和服，姿态略显紧张，师傅和侍女长围坐在身旁。母亲在十岁之前一直住在东京本所，大正十二年（1923年）经历了关东大地震后移居关西。我望着祭坛上贴着的这张照片，便想起了在生命的尽头，十分怀念本所并心心念念想回到那里去的母亲，这种思绪深深感染了我。

　　让母亲如此怀念的本所究竟是个什么样的地方呢？当时，她在明德小学上学，据说学校跟她家正对门。母亲以前经常提到这个，于是我据此上网进行了一番查询，最终得知那所小学已经停办了，现在变成了本所中学。

　　正在我以为调查到此结束的时候，我的老伴碰巧计

井波律子母亲（左一）照片

划去东京出差，他也无论如何都想去母亲的学校拜访一趟。就在最近，终于得以去到那个地方。据他所言，本所中学的正门前立着一块"明德小学遗址"的石碑，他取出带过去的寄托着这块石碑情愫的照片，并在驻足的片刻，感受到了时隔九十年回到故土的少女的情怀，一时感慨万千。虽然这一带经历过大地震^①和大轰炸^②，曾

①指日本关东大地震。
②是第二次世界大战期间美国陆军航空队对日本东京的一系列大规模战略轰炸，主要指1945年3月10日、5月25日两次轰炸。

两次化为灰烬，但是当地的风情却绵延至今，不曾间断过。

后来我对回到祭坛上的照片中的少女说：能回到本所真好啊！以后有机会我也一定要去拜访一趟，站在你曾经站过的地方。

(6月27日)

后　记

　　在前言中我曾提到，本书由两部分组成，分别是：第一部《四时之景　与诗共度》和第二部《往昔今朝　记身边事》。

　　其中第一部里收录的三十六篇随笔，是我花了三年的时间，每个月写一篇完成的。在季节轮回中，结合中国古典诗词和岁时记，并围绕这一中心，从京都的一花一木展开，记下了我身边的点滴事物。

　　第二部较第一部而言，每篇的篇幅较短，共收录了二十六篇随笔，是我每隔一周有时候甚至隔了半年写下的。第二部更贴近日常，主要写我日常生活中的所见所闻所想，当然偶尔也会提到中国古典文学中的相关内容。

　　不管怎样，这篇后记和前言是差不多同一时期写下的，在写的过程中，有关母亲的记忆会时常苏醒，让我不禁怀念那些遥远的我们曾一起走过的时光。所以，这本书在某种程度上可以说是我追忆似水流年的回忆录。

说起追忆已逝年华，本书中收录的最后一篇随笔《一张老照片》还有后话。在我的老伴带着母亲的照片回到她的故土的大约一个月后，我和我的老伴一同再次带着母亲的照片回到那里，那是我第一次去本所。

母亲曾说自己家就在明德小学大门的正对面，伫立在现在的本所中学的正门口，我更加确信这里就是母亲心心念念想要再次回来的地方。

这一带曾有两次经历过几乎化为灰烬的命运，一次是关东大地震，一次是东京大轰炸。那些母亲所怀念的与祖父母和父母一起生活的场景历历在目。那里与我们想象中的所谓的平民街的印象略有不同，是一片很安静、祥和而又温馨的街区。

说这些的时候，会有人跟你说：本所的民风很淳朴。在认同这一观点的同时，我似乎理解了母亲对于本所怀有的深深执念。

拿着母亲的照片回到本所，仿佛母亲本人真的回到了她一生所牵挂的地方似的。不知为何，我好像也放下了肩上的担子，松了一口气。

拍摄于关东大地震之前的母亲的那张少女时代的照片（详见《一张老照片》）和关东大地震前夕本所地区的地图（详见《关于地图》）都收录在本书中。原来人的思念是可以超越时空得以传达的，念及于此，感慨颇深。

本书能得以成书，要感谢多方协助。第一部《四时之景　与诗共度》中所收录的随笔，最初刊登在《读卖新闻》上，并由同社文化部的泉田友纪为其总命名为《四季轮回》。第二部《往昔今朝　记身边事》中收录的随笔，是由《日本经济新闻》大阪本部文化小组的中野稔以汇总题目《关于未来》连载下来的。再次感谢两位的包容与支持，让我能自由地享受写作的乐趣。

最后要感谢在本书出版之际，岩波书店井上一夫先生和奈良林爱女士给予我的莫大帮助。井上先生本是我多年老友，大到整本书的结构小到每篇随笔的题目，方方面面他都给了我很多宝贵的建议。奈良林爱女士虽然年轻，但她用她的细心和敏锐的洞察力让整本书得以完美编辑。可以说是他们成就了这本完整的随笔集，在此表达我深深的谢意。

二〇一三年二月　井波律子

★第一部于二〇一〇年一月至二〇一三年一月首次以《四季轮回》为题刊登在《读卖新闻》晚报上。

★第二部在二〇一二年一月至六月以《关于未来》（作者执笔部分）为题首次连载在《日本经济新闻》晚报上。

ICHIYO RAIFUKU:CHUGOKU KOTEN NI SHIKI O AJIWAU
by Ritsuko Inami
© 2013 by Ritsuko Inami
Originally published in 2013 by Iwanami Shoten,Publishers,Tokyo.
This simplified Chinese edition published 2021
by New Star Press Co,Ltd.,Beijing
by arrangement with Iwanami Shoten,Publishers,Tokyo

图书在版编目（CIP）数据

一阳来复：在中国古典诗词中品味四季 ／（日）井波律子著；郭佳佳
译 .—— 北京：新星出版社 ，2021.6
ISBN 978-7-5133-4344-2

Ⅰ．①一… Ⅱ．①井… ②郭… Ⅲ．①古典诗歌－诗歌欣赏－中国
Ⅳ．① I207.22

中国版本图书馆 CIP 数据核字（2021）第 056488 号

一阳来复：在中国古典诗词中品味四季

[日]井波律子 著；郭佳佳 译

项目统筹：孙志鹏		选题策划：姜 淮	
责任编辑：李文彧		责任校对：刘 义	
责任印制：李珊珊		装帧设计：冷暖儿	

出版发行：新星出版社
出 版 人：马汝军
社　　址：北京市西城区车公庄大街丙3号楼　　100044
网　　址：www.newstarpress.com
电　　话：010-88310888
传　　真：010-65270449
法律顾问：北京市岳成律师事务所

读者服务：010-88310811　　service@newstarpress.com
邮购地址：北京市西城区车公庄大街丙3号楼　　100044

印　　刷：北京盛通印刷股份有限公司
开　　本：910mm×1230mm　　1/32
印　　张：6.75
字　　数：157千字
版　　次：2021年6月第一版　　2021年6月第一次印刷
书　　号：ISBN 978-7-5133-4344-2
定　　价：54.00元